Kerstin Hensel

Die Glückshaut

Kerstin Hensel

Die Glückshaut

Roman

Quintus

1. Auflage 2024

Binzstraße 19, 13189 Berlin
www.quintus-verlag.de

Satz und Gestaltung: Ralph Gabriel, Berlin
Umschlaggestaltung: Oda Ruthe, Braunschweig,
unter Verwendung eines Filmstills aus dem dem Foto-
film *Hugin und Munin* (2021) von Jutta Schwöbel
Druck und Bindung: Finidr, s.r.o., Český Těšín

ISBN 978-3-96982-084-1

Alles erfunden, alles erfahren!

Erster Teil

Ihr Bube ist mit einer Glückshaut auf die Welt gekommen, und nun tragen die Alten sie wechselweise, Nacht um Nacht.

Aus: Theodor Storm, *Hinzelmeier*

Mach de Aang zu un guck dorsch genau ah.

Erzgebirgisches Sprichwort

DA FING ES AN ZU LAUFEN und lief über die spitzen Steine und durch die Dornen, und die wilden Tiere sprangen an ihm vorbei, denn es war einmal und will noch nicht gestorben sein, das Mädchen Minna, das zur Welt gekommen war mit einer Glückshaut, und es lief, im Jahr 1813, neun Jahre nach seiner Geburt, zwischen den Bäumen des Miriquidi, jenes Waldes, in dem es von seiner Mutter ausgesetzt worden war, während des Pilzesuchens, in einem der sieben Täler, durch die der Fluss Flöha fließt, und in dem Minna verloren gehen sollte, damit sie den Heimweg verliere, der, so viele Pilze Mutter und Tochter auch gefunden hatten, stets in den Hunger führte, und Minna lief bergauf, bergab, rief nach ihrer Mutter, suchte den Weg, den sie gemeinsam gekommen waren, und als es dunkelte, trat das Mädchen in morsches Holz, stolperte, fiel hin und erblickte ein Netzwerk aus kaltem grünlichen Licht, das den Waldboden durchzog, und Minna folgte ihm die ganze Nacht hindurch, an Tannen Fichten Föhren vorbei, bis es dämmerte und das Licht verglomm. Da stieß das Mädchen auf einem Waldweg auf etwas Warmweiches, das vor seinen Füßen lag: ein Junge in schmutzigem groben Lei-

nenkittel, mit roter Zipfelmütze und einer Kreuzhacke neben sich. Und Minna dachte, er sei ihresgleichen: ausgesetzt, verlassen, verirrt. Doch als sie sich im ersten Morgenstrahl, der durchs Gehölz fiel, umwandte, sah sie noch andere Jungen auf dem Weg liegen, im Abstand von wenigen Metern, sieben an der Zahl, und alle schliefen, manche ausgestreckt auf einem Stück Leder, andere zusammengerollt neben ihrem Werkzeug im Moos, das Gesicht mit der Mütze bedeckt, drei hatten den Zipfel im Mund, einer den Daumen. Sie betranken sich am Schlaf, und als Minna sie ansprach, öffnete keiner die Augen, und das Mädchen rüttelte die Schlafenden, kitzelte sie mit Tannenreis an den zerklüfteten Fußsohlen, woraufhin die Zehen zuckten, doch die Körper der Jungen fortschliefen, und als Minna unverrichteter Dinge weiterlief, sah sie ein Häuschen.

In dieses ging sie hinein, ohne anzuklopfen, ohne Furcht, der Besitzer könne sie hinausjagen, in den Ofen stecken oder an den Haaren aufhängen. Als Erstes nahm sie die Bretter von den Fenstern, um Licht zu haben und sich umzusehen, um zu begreifen, dass es die Wohnstatt der Knaben war, in der diese mutterlos lebten, denn auf dem Lehmboden lagen sieben faulige Strohdecken, sieben Holzteller neben der kalten Feuerstelle, sieben Zwiebeln hingen neben sieben dünnen Streifen Speck von der Decke, in sieben blechernen Bechern säuerte Milch, und vom Besen, der für Reinlichkeit sorgen sollte, lehnte nur der Stiel an der Wand. Da ging Minna wieder hinaus und, wie sie es gelernt hatte, senkte sie ihren Blick, suchte Pilze, die hierorts Schwamme

genannt wurden, fand welche hinter den Vogelbeerbäumen, raffte die Schürze, tat sie alle hinein, die guten wie die schlechten. Minna machte ein Feuer im Häuschen, tat die Schwamme in einen Tiegel, würzte mit Zwiebeln und Speck, und während alles leise simmerte, holte Minna den ersten Jungen vom Weg.

Sie zog ihn an den Füßen, er schlief wie ein Toter, und nachdem das Mädchen den Jungen im Häuschen abgelegt hatte, holte es den nächsten, dann wieder einen und so weiter, bis sämtliche auf ihren Strohdecken lagen, bei sich Zipfelmütze und Kreuzhacke sowie ein kleines Geleucht aus Eisen, Froschfunzel genannt, die ihnen zwölf Stunden lang am Tag, der schwärzer war als die Nacht, geschienen hatte. Minna nahm Wurzelbürste Wasser Kernseife, wusch den Schlafenden die Füße, einen um den anderen, und nach den Füßen kamen die Hände dran, die so harthäutig waren, dass sie nimmer zu bluten vermochten, und mancher Junge besaß keine zehn Finger mehr, kaum noch Brauen Wimpern Zähne, und Minna kämmte ihnen das Haar, doch als der erste die Augen aufschlug, drehte er sich vom Tagesschein, der durchs Fenster fiel, weg. Er fragte das Mädchen, ob es eine Fee sei, eine Prinzessin oder die Heilige Barbara. Da erwachten die anderen und wollten wissen, wer sich an ihnen zu schaffen mache, es sei Sonntag, Ruhetag. Das Mädchen sagte, sie sei nur die Minna aus Pfaffroda, von ihrer Mutter verlassen, vom Weg abgekommen, suchend den Weg nach Hause, und die Jungen überfiel abermals der Schlaf, und sie zogen ihre Mützen übers Gesicht, blieben bis zur Abenddämmerung auf dem Stroh liegen. Als sie sich schließ-

lich erhoben hatten, schwankend, mühsam wie Greise, beteten sie Richtung Sonne. Minna bat sie hernach zu Tisch, auf dem Gesottenes stand, und die Kinder aßen von sieben Tellern, wobei ein Knabe weinte, ein anderer lachte, der dritte mit den Zähnen klapperte, der vierte sich verschluckte, der fünfte mit der Zunge schnalzte, der sechste Blut hustete und der siebte, kleinste, der Köchin einen Kuss auf die Lippen drückte.

In zeitiger Frühe füllten sie ihre Funzeln mit Öl, stopften frisches Stroh in die Mützenzipfel, banden das Arschleder um, schulterten ihre Hacken, streuten in saure Milch das weiße Pulver Arsen, aßen es und machten sich auf den Weg in den Berg, wo sie einfuhren in ihre vertrauten Gänge, zu den hangenden Stunden, die ihnen Sicherheit vorgaukelten. Die Knaben schlugen das Erz, Schwarzkupfer für die Saigerhütte. Sie waren so klein und wendig, dass ihnen das Schicksal verwehrte zu wachsen. Sie kannten ihr Schicksal nicht, auch wenn es sich ins Helle zu wenden schien, durch das Mädchen Minna, das fortan im Häuschen den Haushalt führte, die Jungen täglich, außer sonntags, nach der Arbeit vom Weg einsammelte, denn sobald sie aus dem Berg stiegen, verlor das Pulver seine Wirkung, übermannte sie der Schlaf, und sie schafften den Weg nicht rechtzeitig zu ihren Betten, die keine waren, sondern nur faules Stroh. So kam es, dass dem Ältesten, der gerade mal dreizehn Jahre zählte und so groß war wie ein Sechsjähriger, eines Tages die Zipfelmütze in ein Gesenk fiel und es keinen Schutz mehr gab für seinen Kopf, er riss sich im engen Gang die Stirn auf und wurde leblos von einem Hauer

herausgezogen; woraufhin ein zweiter Junge nur noch tot aus dem Berg fand, weil ihm eine Gaswolke die Luft nahm; der dritte wurde von Würmern zerfressen, die er sich im Schacht auf dem Scheißkübel zugezogen hatte; der vierte erschlagen vom fünften; der fünfte trug Staub in der Lunge, so dass seine Seele in einer Wolke davonflog; der sechste versuchte sich an Branntwein, was sein baldiges Ende bedeutete – nur der siebte blieb übrig.

Nach sieben Jahren, in denen Minna ihr fleißiges Heimwerk tat, glaubte er, sie sei die Schönste im ganzen Land und kroch zu ihr, zeugte ein Kind mit ihr, starb, und das Kind wurde Zwarch Hansl genannt, denn es sollte nicht groß werden, und Hansl blieb wie er war, doch als er zu seinem siebten Geburtstag Vaters Funzel geschenkt bekam, fing auch der Knabe an wegzulaufen, an einem Wintertag im Jahr 1827, und er lief über spitze Steine, die aus dem Schnee ragten und durch Dornen, und die wilden Tiere sprangen an ihm vorbei, und er wollte nie wieder ins Häuschen der Eltern zurück, denn Vater war auf der Strecke geblieben, verschüttet vom Erz, von der Erschöpfung, die ebenso Mutter Minna befiel. Nur galt diese dem Glück verschrieben, und sie suchte Hansl in sämtlichen Wäldern der Gegend voller Zuversicht.

Da sie den Jungen auch nach sieben Jahren nicht gefunden hatte, beschloss Minna an ihrem dreißigsten Geburtstag, sich von allen Hoffnungen Erinnerungen Ängsten zu befreien. Sie steckte Hansls Strohdecke in den Ofen, zündete sie an, und als das Stroh schwelte, der Ofen blakte und die Küche verrußte, wurde es dunkel um sie herum, dann wieder hell, und

da stand auf einmal eine in Drillich gekleidete Gestalt in der Küche. Ihr Rumpf wirkte wie auf Stelzen, der Kopf war gesichtslos. Die Gestalt zog den Hut.

»En gutn Tog«, sagte sie mundlos.

»Ei was«, sagte Minna, »verschwinde. Es ist kein guter Tag.«

»No, do wird's enner.«

»Wer bist du?«

»Dreimal derfste raten.«

»Bist du ein Koofmich? Ein Mondputzer? Bist du ein Jud?«

»Karl Otto August, dar bie iech.«

Minna schalt sich: Ich hätte nicht mit ihm reden dürfen! Man redet nicht mit Fremden. Schon gar nicht mit Männern, schon gar nicht mit einem, der mit solchem Namen posiert. Karl Otto August! Was für ein Überfluss! Sie selbst beanspruchte für sich nicht mehr als den Vornamen. Minna, die *Liebe*. Das war viel, das genügte. Der Mann trat näher. Mit dem Daumen bohrte er ein Mundloch in jene Haut, die sein Gesicht werden sollte und versuchte, sich in ihr Gedächtnis zu flüstern: Er arbeite in der Pulvermühle. Er wisse, wie man Salpeter, Schwefel und Faulholz stampft. Schwarzpulver stelle er her, Futter für Büchsen und Kanonen. Eine Messerspitze Pulver in Bier gelöst sei gut gegen Verschwindsucht.

Auf Stelzbeinen schwankte der er hin und her. Mal hob er die eine, mal die andere Gliedmaße. Pock! Pock! tönte es auf dem Lehmboden.

»Hör auf«, sagte Minna, »du kannst nicht tanzen.«

»Glabbst wuhl dein Voder net?«

»Mein Vater ist lange tot.«

»Dar Leichsenring-Karl-Otto-August, dar bie iech! Und du bist meine Minna.«

»Du bist ein Lügenbold. Ich werde wohl wissen, wer ich bin. Eine Leichsenring, ja, aber nicht deine!«

»Ei was«, sprach der Mann, »mach de Aagn zu un guck genau hie!«

Da wuchs ihm um das Mundloch herum ein junges Gesicht. Es war Johannistag in Pfaffroda. Vor der Kirche ein Rosenstrauch in Blüte, mit Bändern geschmückt. Frauen und Männer sangen, schwangen Röcke Schürzen Hüte, mit offenem Gesicht die einen, nach Brauch vermummt die anderen.

Karl Otto August Leichsenring wusste nicht recht, was er auf dem Dorfplatz sollte. Nur die Ahnung, etwas müsse ihm geschehen, das allen Burschen irgendwann geschieht, hatte ihn zur Feier geladen. Er kannte die Regeln. Er spielte nicht gern. Ihm befahl die Pflicht. Ein rasch hinuntergestürztes Bier ermunterte ihn, es weit zu treiben. Er pflückte ein Band vom Rosenstrauch. Rosen Tulpen Nelken, alle Blumen welken.

Der Leichsenring-Bursche schlang das Band jenem Mädchen um den Arm, welches er sich umstandslos erwählt hatte: Ahnert-Rosina, das Dienstmädchen vom Mühlenbesitzer, die das Band mit verschämter Miene entgegennahm. Ein paar Mal hatte Karl Otto August sie schon beim Kirchgang gesehen, in Begleitung ihrer Mutter. Gott will es so, dachte der Tänzer. Jetzt sollte er ein gleichfarbiges Band für sich erlangen und die

Umworbene ihn vom Rosenstrauch zurückdrängen, so lange, bis er durch die Dornen hindurch sein Glück erkämpft hatte. Tapfer sein sollte Karl Otto August, andere Burschen besiegen, Schnaps saufen, sich das Hemd von der Brust reißen. Er wusste, wie man Faulholz mit Schwefel und Salpeter zum Explodieren bringt. In sich selbst spürte er wenig. Ein Fünkchen Neugier vielleicht, das auf Rosina übersprang, als er schließlich ein Band für sich aus dem Strauch zog. Er schlang es dem Mädchen um die Hand.

»Itze bleimer zamm, norr?«

»Meintwaang«, antwortete Rosina.

Hinter der Feuerklappe schlugen Flammen hoch. Der Ofen zog. Hansls Strohdecke brannte. Minna wischte sich Ruß vom Gesicht, rieb ihre Augen blank. Der Besuch war noch immer da. Der Vater. Kein Sohn. Ein unheiliger Geist. Womöglich ein Rabenaas. Ein Popanz. Einer, der blieb ohne zu fragen. Der Minna Angst in den Hals drückte.

»Hau ab«, sagte sie, »du willst, dass ich irre werde vor dir.«

Und er: »Kumm, sei kaa Frosch! Mach de Aang wieder zu!«

Die Silhouette der Eltern. Bebänderte Tänzer. Leichsenring-Karl Otto August und Ahnert-Rosina fassten sich überkreuz an den Händen und drehten sich im Kreis. Die Bänder hielten sie. Bier auf Bier, die junge Frau schäumte über. Von Sankt Georg läuteten die Glocken.

Beim letzten Schlag erschien Rosina mit klöppelspitzenverzierter Haube. Das tannengrüne Kleid, die ebereschenrote Schürze, der doppellagige Leinenunterrock, darunter Strickstrümpfe. Was gab es nicht alles zu gaffen! Der Bursche, wie er seine Eroberung um die Hüfte fasste. Als würde er sich auskennen in derlei Handhabung. Dabei war es das erste Mal, dass er mit seinen Händen in Rockstoff griff. Es muss so sein, dachte Karl Otto August, es ist der Weg, den jeder Mann zu gehen hat. Ruck mr nah zamm.

Abermals rieb sich Minna das Bild aus den Augen, als dürfte sie nicht sehen, was sie sah. Schon gar nicht ihr eigenes Gesicht, das sich in den Wölbscheiben des Küchenfensters spiegelte. Es war grünlich verzerrt, die Lippen aufgeworfen und das Haar, von dem nach ihrer Geburt die Kunde ging, es schimmere golden unter der Glückshaut, war schwefelgelb geworden. Der Ofen fauchte. Das Rohr glühte, knackte, Hitzeschlieren durchzogen die Luft. Der ungebetene Gast hatte sich auf die Ofenbank gesetzt. Minna wollte das Fenster öffnen. Es klemmte. Der Traum

die Feier ging weiter. Eine Greisin war zwischen das tändelnde Paar getreten: Ahnert-Agnes, die ihre Tochter nicht, wie erhofft, vorm Abendläuten wieder zu Hause fand, bestenfalls bis vor die Tür geleitet vom Mühlenbesitzer, ein über seinen Stand hinaus erbbegüterter Witwer, bei dem das Mädchen in Dienst stand und der ganz sicher dem Fräulein mehr als billigen

Haushälterinnenlohn zu geben bereit wäre. Nicht der Mühlenbesitzer war es, den Agnes mit Rosina verbandelt sah, auch nicht der Nächstbessere, der Weißbäcker oder wenigstens dessen Geselle, nicht mal ein Steiger, Stellmacher oder Strumpfwirker, bei denen die Groschen klingen. Ein räudiger Hund war es, der ungerührt unter die Schürze ihrer Tochter griff, ein armer, nach Schießpulver stinkender Teufel!

Bevor Rosina ihre geerbten Sonntags- in Hochzeitschuhe umschustern konnte, hatte der angehende Bräutigam im Ahnerthäusel den Dachstuhl repariert, schiefe Wände aufgerichtet und schwarzes Fett aus dem Herd gezogen. Auch schenkte er den Frauen eine Spiegelscherbe, in der sie sich betrachten konnten. Agnes war's endlich zufrieden.

Der erste Novembersonntag, dessen Morgendämmerung übergangslos in die des Abends ging. Die Hochzeit stand an. Frühmorgens hatten Agnes und Rosina gemeinsam in die Spiegelscherbe geguckt, nach trauter Art ihre Haarknoten gebunden und das Vorhaben bekräftigt: Nun soll's halt sein.

Der erste Schnee war Ende Oktober gefallen. Er hatte Pfaffroda verzuckert. Vor Sankt Georg überreichte ein Bote des Mühlenbesitzers der Braut drei neue Pfennige. Less drsch gut gieh! In der Kirche stand das Gestühl still. Die vergoldeten Heiligenfiguren am Hochaltar und der hölzerne Bergmann neben dem Taufbecken schwiegen. Unbewegt gab der Pfarrer dem Brautpaar seinen Segen. Er verhallte im Raum. Die Orgel hielt die Luft an. *Und Gott der Herr sprach: Es ist nicht gut, dass der Mensch allein sei.*

In der Ahnerthäuselküche simmerte die Hochzeitssuppe. Agnes reichte sie Rosina und ihrem Angetrauten. Was ihr euch einbrockt, sollt ihr auch zusammen auslöffeln. Der Spruch auf den Weg, der gegangen werden musste. Kohlrüben, Herbstmorcheln, Rauchfleisch, Grünbitter, Bier. Vor Mitternacht wurde warmer Kartoffelkuchen verzehrt. Rosina tanzte, wie es Brauch war, mit ihrem Vermählten um den Tisch herum. Die letzte Runde drehte sie mit sich allein. Dann wurde sie still. Bevor sie zu Bett ging, wollte sie von der Spiegelscherbe wissen, wer die Schönste sei. Halt dei Gusch!

Am Küchenfenster des Zwergenhäusels rüttelte der Wind. Minna, die sowohl der beharrlichen Anwesenheit ihres gestorbenen Vaters, als auch dem Bullern des Ofens ausgeliefert war, spürte, wie sich etwas auf ihre Schultern legte, das allmählich den Hals hochwuchs, Kopf Stirne Wangen bedeckte, das ganze Gesicht, und da war es auf einmal

und will noch nicht gewesen sein, und es ist, wie es war, das Kind der Leichsenring-Rosina, das am 13. Juli 1804 das Licht der Welt erblickte. Nach neun Monaten, wie es sich gehörte, dennoch unversehens und ohne die üblichen Vorboten Hartbauch Ausfluss Blasensprung. Gerade rechtzeitig kam Rosina auf dem Küchentisch zu liegen, schon rutschte nach wenigen Wehen die Leibesfrucht zwischen ihren Beinen heraus. Agnes, die die Rolle der Hebamme übernehmen musste, staunte. Wohlbehalten war das Enkelchen, eingehüllt in jene

feine durchscheinende Haut, in der es in der Mutterhöhle gewohnt hatte. Als wollte die Natur diese Merkwürdigkeit bewahren, hielt sich das Kind in seiner gekrümmten Lage und zuckte nur mit den Füßen. Es war ein Mädchen. Auf seinem Köpfchen schimmerte goldenes Haar.

»Dos wird allweil Glick bring«, sagte Agnes.

Sie wusste, was zu tun war, kochte die Schneiderschere aus, durchtrennte die Nabelschnur. Die Glückshaut hielt stand. Agnes schickte ein Dankgebet in den Himmel und beschloss, das Wunder, das in ihrer Küche erschienen war, allen Leuten im Dorf kundzutun. Tochter Rosina, die es als Erste in den Arm gelegt bekam, wusste nicht, was es mit so einem anfangen sollte.

Karl Otto August, der von seiner Arbeit nach Hause kam, hatte nur seinen Hunger im Blick. Vor ihm lag eine mit Leinöl beträufelte Quarkbemme. Er wollte wissen, ob das alles ist. Rosina reichte ihm das Neugeborene und sagte: »Hier ist dein Ein und Alles.«

Da lag es in seinen Händen. Er wollte wissen, was diese häutige Hülle bedeute.

»Dos ies e Wunnr«, sagte Agnes.

»Su gieht dos net!«, schimpfte Karl Otto August, »es mecht wohl nach unnrer Art leben.«

Mit seinen Fingern stach er die Haut an, riss sie auf, bis sie sich vom Körper des Neugeborenen gelöst hatte und es endlich richtig atmen durfte. Er meinte, die Fetzen könne man auf dem Markt verkaufen. Agnes schlug auf den Tisch: Eine Schande, Gottgewolltes verhökern zu wollen!

Rosina versprach: »Dos Wirml wermer schunn rankriechn.«

Tags darauf beugte sich der Pfarrer über das Kinderköpfchen. Aus seinen Fingerkuppen tropfte Wasser. Er fragte Rosina Leichsenring, geborene Ahnert, wie das Kind heißen soll.

»Minna.«

»Und weiter?«

»Nur Minna.«

»Das ist zu wenig.«

»Für mein Minel langt's.«

Da hing es schon an Mutters Schürzenzipfel. Zwei Jahre alt und noch nicht dem Hudel entwöhnt. Der kleine Stoffbeutel war mit einer süßen Masse aus Brot und Mohnsamen gefüllt. Das Minel zutschte daran, sobald Mutter es von sich wegstellte. Im hölzernen Lehnstuhl thronte Agnes, die sich von ihrer Enkelin eine einzige Zärtlichkeit gefallen ließ. Sie durfte *Om* zu ihr sagen. Om kommandierte die Hausgeister Gehorsam, Frömmigkeit, Bescheidenheit, Ehrlichkeit, Sauberkeit, Sparsamkeit, Schweigen und Fleiß. Mutter musste Stoff zuschneiden, die Teile zusammenheften, mit Stroh ausstopfen und mit festem Stich vernähen. Das Minel sollte Einfädeln lernen. Das Nadelöhr war zu eng, der Faden zu dick. Das Minel bekam Dresche, das Hudel in den Mund gestopft und hängte sich an den Schürzenzipfel.

Kehrte Vater aus der Pulvermühle heim, roch die Küche brandig. Vater wusch sich erst nach dem Essen. Es gab Tage, da reichten Quark und Leinöl nur für ihn.

»De Hauptsach is, dr Maa hot wos im Moogn«, sagte Om.

Ob *er* Schuld sei am verfluchten Hungerlohn, schnauzte der Mann, der nie genug im Magen hatte. Rosina mörserte Mohn. Mit der Zeit fädelt sich alles ein, lautete ihr Trost. Om nickte.

Am 22. März 1808 flog ein schwarzer Vogel durch Pfaffroda und brachte böse Nachricht: Ein einziger Funke entzündete beim Einschlagen eines einzigen Nagels mehr als dreißig Zentner Schwarzpulver! Der Knall war bis ins Böhmische hinein zu hören. Karl Otto August Leichsenring stand in der Liste der vierundzwanzig Arbeiter, die beim Zerspringen der Pulvermühle gen Jenseits geflogen waren.

Großmutter Mutter Kind. Sie nähten gemeinsam. *Nadel und Faden halten die Seele zusammen.* Das Minel knaatschte. Halt dei Gusch. Der Pfarrer sagte: Das Schwarzpulver hat der Teufel erfunden, der Tod ist eine Gottesgabe. Gebete helfen, Unglück als Glück zu begreifen.

Mutter und Tochter suchten Essbares im Wald, um die Kost aufzustocken, die nach Vaters Tod noch geringer ausfiel. Das Minel hatte sein Hudel durchgebissen. Sonntags nach dem Kirchgang spielte das Kind mit Knöpfen und kaute Holzklammern. Es wusste, wie man die Küche fegt, Wasser vom Brunnen holt, Scheite stapelt, Asche aus dem Ofen kratzt. Es lief mit zwei Pfennigen in der Hand zum Kaufmann Bier holen. Einmal überkam es auf dem Rückweg solcher Durst, dass es den Krug zur Hälfte austrank. Das Bier schäumte über

Kinn und Schürze. Hauptsache, du hast was im Magen! rauschte es vom Grund des Kruges. Das Minel hängte sich Vogelbeeren an die Ohren und beugte sich über die Pferdeschwemme. Das Wasser spiegelte sein Gesicht. Das Minel war ein Mädchen, das trug das Glück wie eine Schleppe, das wohnte im Schloss auf dem Berg. Das spielte mit Puppen, die hatten prächtige Kleider und goldenes Haar. Das lag im Himmelbett und aß täglich Braten und Kuchen. Ein Bauer kam und sagte zu ihm: Verschwinde! Als das Minel im Ahnerthäusel eintraf kriegte es mit dem Schürhaken Senge.

Der Wind drückte das Fenster auf. Das Hitzeflimmern entfleuchte. Rauchreste zogen ab und mit ihnen die Erscheinung des Vaters.

Endlich konnte Minna durchatmen. An ihrem dreißigsten Geburtstag roch der Wald nach Vollmond. In Streifen fiel sein Licht durch die Wipfel. In der Feuchtigkeit verflochten sich Myzelien, schoben sich zur Erdoberfläche, umgarnten Totholz und Moosgestein. Ihr Leuchten machte dem Mondlicht Konkurrenz. Nachttiere durchstreiften den Wald. Vor Jahren war der letzte Wolf in dieser Gegend erlegt worden. Minna hatte die Meldung noch im Ohr: Weg ist weg. Ein Glück für Mensch und Vieh. Heute war der Fuchs unterwegs. Eulen, die sich von Felsvorsprüngen herab auf ihre Beute stürzten. Hirsche, äsend auf Lichtungen.

Minna hielt es nicht lange am offenen Fenster aus. Zu klarsichtig war die Nacht. Der Vater hatte sich im Nirgendwo aufgelöst, so unversehens, wie er gekom-

men war. Der Sohn war mit dem Rauch der verbrannten Strohdecke verflogen. Womit soll ich ihn zudecken, wenn er zurückkommt?, dachte Minna. Noch war die Ofenbank warm. Minna legte sich darauf, zog Arme und Beine an den Körper, dämmerte ihrem Grund zu und sah

Om war mit ihrer Geduld am Ende. Hatte es sich doch auch fünf Jahre nach dem Tod ihres Schwiegersohnes nicht ergeben, dass wieder ein Mann ein Auge auf ihre Tochter warf.

Vielleicht, dachte Om, ist das Minel schuld. Das vaterlose Kind mit seinem Verhalten! Nicht dass es an Leib oder Geist verwachsen wäre, es bot nur keine der üblichen Anlagen. Und eigen war das Mädchen! Es besuchte gern die Dorfschule, wo ihm der Pfarrer allerhand einbläute: Rechnen, Lesen, Schreiben, Bibelsprüche. Außerdem plapperte das Minel nicht wie jedermann, sondern sprach Deutsch ohne ortsübliches Grollen und Knarzen. Ein helles Mädchen, meinte der Pfarrer. Brav machte das Minel seine Schulaufgaben, spann Gedanken in den Tag hinein, doch taugte nicht für das, was im Weiberhaushalt an Arbeit anfiel. Hochnäsig schien es, konnte buchstabieren, drei und drei zusammenzählen, nur nicht ordentlich einfädeln! Die brengt nischt zestande! Zin Duhnrwattr nochmol!

Die Bilder drehten sich im Schlaf, in der Zeit, in der Hoffnung, ein wenig Glück könnte auch Rosinas Leben ermuntern. Die vierzigjährige Witwe, wie sie Arm in Arm mit dem Weißbäcker über die Kirmes scharwen-

zelte. Der Herr war deutlich über das Alter eines jungen Freiers hinaus, kein frisches Brot mehr, sondern ein trockener Runksen. Da und dort blieben Rosina und der Beck stehen, mal an der Wurfbude, mal am Bierausschank, mal beim Schattenreißer. Auf dem Kirchplatz spielten Musikanten. Dorthin zog der Weißbäcker die Witwe und bat sie zum Tanz. Rosinas Wagemut wollte bleiben, wo die Angst wächst, im Inneren ihrer Sündengewissheit. Sie gab vor, müde zu sein, worauf der Beck behauptete, ihre Müdigkeit läge am Alter. Schon stand Rosina am Rand. Ihre Haubenbänder flatterten, während die Klänge der Fiedeln und Sackpfeifen dem Tanzwütigen flugs ein anderes Weib vor die Füße trieben. Die Tochter des Mandelbrenners nahm sich seiner an. Mandeln und Mehl gehen gut zusammen. Das Paar hüpfte und drehte sich vor Rosinas Augen, und der Beck rief: »Aachenmoß un Handgewicht is des Bäckers erste Pflicht!«

Rosina besaß kein Augenmaß. Fasste sie Glück mit den Händen, zerbröselte es. Weil freilich ehrlose Bedrängnisse heute nicht vor ihr haltmachten, lud sie der Schattenreißer zu sich auf den Stuhl. Er klapperte mit der Schere und wollte wissen, ob er sein Handwerk an ihr ausüben dürfe. Ein hübsches Bildnis würde er aus Papier schneiden: Rosinas Leib und Antlitz in Form eines Galgenvogels. Damit könne sie ungebetenes Mannsvolk verschrecken.

Rosina verwünschte den Kerl. Wie sie geknickt ihrer Wege ging, traf sie einen weiteren Kirmeskünstler. Der stand vor einem dreibeinigen Tisch, auf dem ein Kasten befestigt war. Der Künstler versprach seiner Kundschaft,

mit diesem Ding würde man für einen Groschen obskure Bilder und Szenen erleben. Rosina, die der Erlebnisse eigentlich müde war, ließ sich ein letztes Mal verführen. Der Mann legte ein lichtdichtes Tuch über ihren Kopf und den Kasten. Mach de Aagn auf und schau dir's genau aa! Im Dunkel des Gehäuses sah Rosina auf einer kleinen leuchtenden Fläche die Buden, den Beck mit seinem Mandelmädchen, die Fiedler, den Scherenschneider, all das Volk, das sich vergnügte. Rosina war das Getümmel vertraut, doch jetzt durchfuhr sie ein Schrecken. Alles war verkehrt herum! Der Himmel lag unten, und wie Krabbeltiere liefen die Menschen koppheister an der Erdendecke. Rosina zog ihren Kopf unterm Tuch hervor und gestand: »Mir werd ganz drehend von dem Zeich.«

Der Mann warf den Groschen in die Luft. Schon drängten sich weitere Schaulustige um seinen Wunderkasten. Rosina verließ das Fest. Allein, schleppenden Schrittes, obgleich sie es jetzt eilig hatte zu entkommen. Seit Wochen schmerzten ihre Gelenke. Trotz Wacholderpflaster und Ameisenbäder. Zu Hause wurde sie von Om und Minel empfangen. Das Kind klammerte sich an seine Mutter. Alles wollte es wissen. Rosina berichtete, auf der Kirmes hätten die Fiedler auf den Beck mehr Eindruck gemacht als sie selbst. Aus der Traum! Die alte Ahnerten zuckte mit den Schultern. S is ahm su.

Om hatte Fitzfädlsuppe gekocht. In siedendem Salzwasser roh geraffelte Erdäpfel, die zu schleimigen Fäden geronnen waren. Rosina musste das Kirmeserlebnis

verdauen. Das Minel mochte die Suppe ebenfalls nicht. Einen halben Tag lang war Mutter weg gewesen in einer unbekannten fernen Welt, in die es nicht mitkommen durfte. Dem Kind lag die Angst im Magen. Der Topf wurde auf den Tisch gestellt. Das Minel rief: »Rotz-suppe!«

Rosina biss sich in die geballte Faust.

»Itze is abr Sense!«, schimpfte Om.

Sie rührte im Topf und hob die Kelle. Rosina drehte sich weg. Das Minel sprang auf und haute seinen Löffel gegen den Arm der Großmutter. Höllenheiß ergoss sich der Inhalt der Kelle über Agnes' Hals. Kein Schrei, kein Ton des Schmerzes. Mit stierem Blick stand Om aufrecht. Die Verbrühung hatte einen rotblasigen Fleck zwischen Kinn und Brust hinterlassen. Das Minel starrte ihn an.

»Scham diech«, sagte Om.

Nach diesen Worten sank sie zu Boden, gegen die Natur ihrer verhärteten Glieder.

Das Minel setzte sich zurück an den Tisch.

Rosina füllt die Teller mit Suppe.

Das Minel löffelte.

Rosina löffelte.

Das Minel sang: »Ein Bissen für Papa, ein Bissen für Mama, ein Bissen für Om …«

Rosina schob ihren Teller beiseite.

Das Minel nahm Nachschlag.

Rosina nahm die Spiegelscherbe, hockte sich neben die auf dem Boden liegende Om, hielt ihr die Scherbe an Mund und Nase. Als sie keinen Hauch anzeigte,

drückte Rosina ihrer Mutter die Augen zu. Das Minel raffte ihren Rock und zog den Hintern blank. In Erwartung der Strafe gestand sie: »Ich war garstig.«

Die Schläge der Nachtglocke vom Kirchturm. Minna erhob sich von der Ofenbank und sah durch das Fensterglas das Mondlicht, das sie sich vor Kurzem aus den Augen gerieben hatte. Küchenstille. Wartefurcht. Hunger. Neben dem Herd funzelte die Lampe. Minna drehte am Docht, füllte Leinöl nach. Leinöl, das der ärmste Erzgebirger stets vorrätig hatte. Der Hunger hielt den Schlaf auf Abstand. Die Glocke hatte ausgeschlagen. Minna öffnete die Ofenklappe und drückte mit dem Schürhaken die Asche durch den Rost. Es staubte.

Du bist gut für die Küche, komm mit, da kannst du die Asche zusammenkehren.

Aus: *Allerleirauh (Kinder- und Hausmärchen 65)*

Ein Tag Ende August 1813. Die neunjährige Minna lief neben ihrer Mutter in einer Talaue am Bach entlang. Hinter ihnen, auf einem Felsvorsprung, befand sich das Schloss Pfaffroda. Es hieß, der König von Neapel habe darin sein Lager bezogen, um sich zu verstecken. Vor wem? Warum?, fragte sich Rosina, doch ihr wurde wirr im Kopf von solchen Erkundungen.

Es war der letzte Tag, an dem der Sommer Kraft zeigte. Plätscherndes Wasser, Forellen, Perlmuscheln,

am Ufer Brunnenkresse, Birken, Schwarzerlenbruch. Mutter und Tochter, jede mit einem Körbchen in der Hand. Vor fünf Jahren war Vater mit der Pulvermühle in die Luft geflogen.

Schwammesuchen galt als Versicherung gegen jede Art Hunger. Heute war die Ausbeute mäßig, weil von zu viel Ungenießbarem bestimmt. Außerdem hatte Minna keine Lust, den Bach entlangzustreifen, da er sich allzu tief in den Wald hineinschlängelte. Ringsumher schwirrten Mücken. Minna taten die Füße weh. Schuhe gab es nur im Winter und für den Kirchgang. Barbsch laufen ist gesund! Das hatte schon Om gesagt. Rosina trieb ihre Tochter weiter. Der Wald war dicht und dunkel. Sie verließen das Bachufer und stiegen durch Farne, Sauerklee, Labkraut, bemooste Felsen, Leiten, Ameisenhügel. Heute zeigten sich nur wenige Pilze, die es wert waren, verbraten zu werden. Vogel- und Preiselbeeren spendeten bitteren Trost. Fichten boten statt Steinpilze Läusegallen an. Auf umgestürzten Baumstämmen verrichteten Zunderschwämme ihre verderbliche Tätigkeit. Plötzlich, auf einer Lichtung, fern der vertrauten Waldzone, standen sie zuhauf: Holzkeulen, Röhrlinge, Risspilze, Ritterlinge Rosina dankte Gott in stillem Anruf. Zu ihrer Tochter sagte sie: »Hier haste Arweit. Iech guck derweil woanners.«

Heimlich bog Rosina ab ins Gesträuch. Von dort beobachtete sie das Kind. Es hockte zwischen den Pilzen, fasste einen Königsröhrling, drehte ihn an der Wurzel aus der Erde. Der fremde König im Schloss,

munkelte man im Dorf, sei ein Franzose. Minna zupfte sich ein Haar aus. Der Schwefelfaden knisterte, rauchte im Gehölz, und Minna trat die Pilze nieder, bis keiner mehr lebte.

»Dos is ka richtch Madel«, seufzte Rosina und dachte: Es bringt nichts als Ärger. Der Kantor hat's verpimpelt und sein Gehirn verweerscht! Wer sonst. Da ist's besser, ich lasse es im Wald zurück. Da wird es bald sterben, oder der Bergmönch nimmt sich seiner an.

Die dreißigjährige Minna wusch sich den Staub ab. Vor der Haustür, an der Pumpe, aus der eiskaltes Wasser rann und die Morgendämmerung Nebelschwaden vom Wald herschickte. Gänzlich freigemacht hatte sie sich, abgelegt Rock Schürze Hemd, etwas, das sie noch nie getan hatte, denn nacksch im Freien ziemte sich nicht, nicht mal im eigenen Haus, nicht mal in allerhöchster Not, es sei denn, ein Mensch wird geboren. Blank und frei, wie Minna in diesem Augenblick war, öffnete sich ihre Traumschranke und

Seit Stunden war das Minel durch den Wald gelaufen, und es rief nach seiner Mutter, die es ausgesetzt, mit heulendem Gewissen und hartem Herzen ihm den Heimweg abgeschnitten hatte, es über Steine Stümpfe Stecken stolpern ließ, die Füße schrundig, die Haut zerrissen von an Büschen herabhängendem Eisenzeug, das schaukelte hin und her und klirrte. Das Minel bibberte, Bäume stiegen aus ihren Wurzelbetten, begannen zu marschieren, tausende Fichten Föhren Eichen,

die sangen *Lebe wohl, lebe wohl! Du schöner Wald!* Das Mädchen wollte einstimmen, doch durfte es den Wald nicht verlassen, da es dem Hungertod entkommen musste oder dem Weiterdarben, und Wild schnüffelte um es herum, während das Minel davonstolperte, tiefer ins Dunkle, wo Wölfe aus Mooshöhlen sprangen, mit Säbelschwänzen rasselten, Helme trugen, und die Wölfe schlossen sich den Baumtruppen an, wobei manche es schafften, die Stämme hinaufzuklettern bis zum Wipfel, andere wurden zertrampelt, jaulend zurückgelassen, und das Mädchen taumelte, stürzte, rief nach dem Jäger, rief nach der Mutter, rief nach Om, rief nach Vater und rief zu Gott. Keiner hörte es, weil plötzlich alles still war, kein Ton, kein Atmen mehr.

Das Minel hielt die Luft an. Als es ausatmete, war es mit der Stille vorbei. Vor ihm öffnete sich ein Haselbusch. Im Busch hockte ein Mann. Er zitterte. Den blauen Soldatenrock trug er auf links gedreht, die Hose war verschmutzt, der Degen durchgerostet. Er reichte dem Mädchen die Waffe.

»Mehr habe ich nicht«, sagte er, »und wenn du mich verrätst, ist auch bald mein Leben dahin.«

Das Minel ließ den Degen fallen. Es versprach, niemandem etwas zu verraten, es wüsste auch nicht, wem und was. Ob ihn seine Mutter ebenfalls verlassen habe, wollte es wissen. Da kroch der Soldat aus dem Gebüsch und sprach: »Nicht meine Mutter hat mich verlassen, sondern mein Mut.«

»Wer bist du?«

»Ein Überläufer.«

»Oh, solcher bin ich auch«, sagte das Minel, »wenn ich traurig bin, laufen mir die Augen über. Bin ich glücklich, läuft mir das Herz über. So hat's meine Om gesagt.«

»Wie heißt du, liebes Kind?«

»Minel.«

»Wie lautet dein richtiger Name?«

»Minna.«

»Ich nenne dich Wilhelmina.«

»Minna genügt.«

»Weißt du, wer unser König ist?«

»Mein Vater hat Karl Otto August geheißen.«

»In welchem Regiment hat er gedient?«

»In der Pulverfabrik.«

»Bist ein einfältiger Fratz.«

»Der Pfarrer hat gesagt: Die Minna ist gescheit und findet überall zum Guten. Ich bin in einer Glückshaut geboren.«

»Ach ja? Bei deinem Glück findest du bestimmt auch aus dem Wald heraus.«

»Warte, bis es Nacht wird. Da leuchten uns Schwamme heim. Doch wir müssen auf die Bergteufel achtgeben, die haben Augen aus Feuer. Sag, wohnen hier noch mehr deinesgleichen?«

»Gewiss. Sie streifen durch den Wald und suchen mich. Entdecken sie mich, werde ich auf der Stelle erschossen.«

Da riss sich das Minel ein Haar aus und dem Überläufer Hose und Rock vom Leib. Es zerrupfte den Stoff an den Nähten. Im Unterholz fand es Hasenfelle, einen Wolfspelz, ein Stück Schlangenhaut, einen Fuchs-

schwanz sowie etwas Eulenflaum. Auch schnitt es sich ein kleines Stück seiner eigenen Haut ab. Das Minel beherrschte das Einfädeln des Haares ins Öhr einer Kiefernnadel, ohne dass ihm dabei die Finger flatterten. Alsbald sauste die Nadel durch die Luft und stach heftete nähte alles zusammen. Der Überläufer legte sich den neuen Mantel über und rief: »Nie habe ich Schöneres am Leib getragen!«

»Siehst wild aus«, fand das Minel und fürchtete sich ein wenig vor seiner eigenen Tat.

Der Mann streichelte das Flickwerk, als sei es ein Rock aus Samt und Seide. Jetzt konnte er sich standesgemäß vorstellen: »Gestatten, mein ehrlicher Name ist Nathanael. Der König hat mich als Soldat befohlen, doch vermag ich nicht mal eine Fliege zu erschlagen. Auch will ich weder schießen noch marschieren. Viel lieber erfinde ich etwas.«

»Nathanael, wie der Engel!«, rief das Minel erfreut, wollte aber sogleich wissen, was denn der Mensch erfinden kann, was Gott nicht schon geschaffen hat.

»Nun, allerhand. Zum Beispiel Maschinen.«

»Was für Maschinen?«

»Spinnmaschinen, Webmaschinen, Nähmaschinen, Waschmaschinen, auch Eisenbahnen. Was der Mensch in Zukunft braucht.«

»Du bist ein Jude, nicht wahr?«

»Warum willst du's wissen?«

»Ich wundere mich, was du treibst, und die Leute reden halt. Man fragt besser vorher, mit wem man's zu tun hat, eh so eine Bekanntschaft Unheil bringt.«

»Wer bringt denn Unheil?«

»Die Juden halt.«

»Das behaupten die Leute?«

»Soweit ich höre.«

»Weit scheint das nicht zu sein.«

Wie der Herr da im Mantel stand, den es mit eigener Hände Fleiß genäht hatte, und wie er es anschaute, durchzuckte das Minel etwas, das es schlichtweg zum Glück erklärte. Als Nathanael gar behauptete, dass er wohl ein Jude, doch vielmehr seiner lieben Wilhelmina unendlich dankbar sei, hängte sich das Mädchen an den, den sie gerettet hatte und flehte ihn an, sie in die Stadt mitzunehmen. Sie versprach, ihn geradewegs aus dem Dunkelwald zu leiten. Außerdem könne sie Holz hacken, kochen sowie sämtliche Hauswirtschaft zu bester Zufriedenheit verrichten. Vater Mutter Om hätten sie verlassen, der Herr Pfarrer hingegen habe versichert, sie fände überall zum Guten.

»Nimm mich mit«, flehte das Minel.

»Du verlierst dich in der Stadt.«

»Ohne mich verlierst *du* dich.«

Hand in Hand huschten der Mann und das Mädchen durchs Gehölz. Geschickt wusste es Baumsoldaten und Bergteufeln auszuweichen. Myzelien, die sich über Baumstümpfe und Pfade schlängelten, markierten den Weg. In der Morgendämmerung erreichten sie den Waldrand. Hinterm Rübenacker führte ein Pfad ins nächste Dorf, in die nächste Stadt.

»Nach Chemnitz!«, befahl Nathanael.

In ein, zwei Tagen würde man am Ziel sein. Mit viel

Glück. Das Minel dachte, in dem Flickpelz hält man ihn für ein wildes Tier. Er zog den Fuchskragen höher und lief den Ackerweg entlang. Das Minel eilte ihm hinterher und rief: »Halt nur an! Ich mach dir doch keine Mühe!«

Nathanael rannte, sein Mantel wehte, wurde zum Segel, das ihn in die Luft steigen und fliegen ließ, hoch über dem Feld, und es trug ihn davon, beflügelt von der Hoffnung des Mädchens. Als ein Vogelschwarm vom Feld aufflatterte, färbte sich der Himmel schwarz. Dem Minel liefen die Augen über.

Die Traumschranke senkte sich. Nackt und sauber zeigte sich Minna dem Wald. Zapfenbraune Augen schauten zurück. Wenn sie nur Hansl gehörten, dachte Minna, dann wär er in meiner Nähe, dann wär's mein Glück. Erst als ihre Haut vor Kälte blau wurde, begab sie sich zurück ins Haus. Sie legte sich auf ihre Strohmatte neben dem Herd, deckte sich mit einem Tuch zu und lauschte. Als sie weggedämmert war, drängte sich etwas an sie heran. Ob es sich um eine oder zwei Gestalten handelte, ob um Menschen, Tiere oder andere Wesen, konnte Minna nicht erkennen. Sie hielt das zusammengerollte Tuch im Arm und seufzte: »Ich mach euch doch keine Mühe.«

Gegen Mittag schreckte sie aus dem Schlaf. Frostig war es in der Küche, das Tuch klamm. Mäuse knusperten am Schlafstroh. Es war einmal, und es war genug, und alle Augen lügen um die Wette. Minna zog sich an, holte Brennholz, befeuerte den Ofen. Der Ofen blakte.

Sie stocherte im Ofenrohr. Da war harziger Ruß, fett wie der Hunger.

Sie zog ein Wolltuch über den Kopf. Für Schuhe war das Jahr zu jung. Erst bei Raureif oder Schneefall durften die Latschen aus dem Keller geholt werden. Minna hatte überlegt, ob sie für ihren Suchgang Korb oder Kiepe mitnehmen sollte, und sich für die Kiepe entschieden. Sie hoffte, dass über Nacht ein Wunder geschehen sei. Nicht direkt vorm Zwergenhäusel, sondern überm Hügel, der hinter einer Schneise vorm Buchenwald lag. Unter Buchen sollst du suchen.

Minna suchte nicht, sie fand. Was sich ihr zwischen Laub und Ästen bot: eine Gesellschaft dunkler Füllhörner, wie aus der Hölle treibende Trichter, wie Trauertrompeten. Schnell war die Kiepe gefüllt. Mit dem Gefühl, abermals einen Seligkeitstag erleben zu dürfen, tat Minna etwas, was sie noch nie getan hatte, denn sie scheute Handelsleute und deren Feilschen um irgendeinen Gewinn. Sie ging nicht nach Hause, sondern direkt ins Dorf auf den Markt.

Leichsenring-Minna war die Erste, die ihre Ware feilbot. Ohne zu fragen, ob sie hier einen Platz beanspruchen dürfte. Solche Mengen Totentrompeten, die gebraten als Delikatesse und getrocknet, zu Pulver zerrieben, als Gewürzsensation galten, hatte lange kein Herbst hervorgebracht. Minna handelte billig und mit wenig Worten. Bis auf einen Rest, den sie zum eigenen Genuss bewahrte, war bald alles verkauft und eine gute Summe zusammengekommen: zwei Taler und neun Groschen. Minna fasste es nicht. Ein einziger Morgen hatte ihr Reichtum ver-

schafft. Noch bevor der Marktaufseher Standgeld von ihr verlangen konnte, huckte sie die Kiepe auf, betrat das Gotteshaus und kniete vor dem Altar. Ihr schoss durch den Kopf, Glück dürfe man nicht herausfordern, und sie müsse ihren zufällig erworbenen Überfluss als Almosen der rechten Bestimmung zuführen. In der Ecke neben dem Taufbecken stand der hölzerne Bergmann und präsentierte einen Trog Silbererz, die Ausbeute seines Arbeitstages. Stolz zeigte er seinen verdienten Lohn. Was der kann, kann ich auch, dachte Minna.

Als sie wieder dem Ausgang zusteuerte, erblickte sie in einer Wandnische den Gottessohn. Er hockte auf einem Baumstumpf, einen Hader um die Lenden, den Kopf auf die Hand gestützt, und seine Dornenkrone schien Minna aus Kratzbeerranken geflochten. Sie trat näher und berührte deren langes, fadendünnes Haar. Es fühlte sich an wie ihr eigenes. Mit einem Mal drehte sich das Haar zu einem Dutt, die Dornenkrone wurde ein steifes Band aus Klöppelspitze, der Bart ein Altweiberkinn, und die verhangenen Augen der Skulptur bekamen den Blick ihrer Mutter. Sie starrten Minna an, als sagten sie: *Iech* be net gange, dus warst *du!* Kurz war Minna versucht, noch einmal auf die Knie zu fallen, doch ihre Hochstimmung hielt sie aufrecht. Ihre Mutter zählte sie bereits zu den Toten.

Zu Hause packte sie die ihrerseits erworbenen Kostbarkeiten auf den Tisch: Speck, Zwiebeln, Erdäpfel, Brot, Leinöl, einen Krug Bier. Sie briet die Totentrompeten, die sie für den Eigenbedarf zurückgelegt hatte in reichlich Fett, schnitt Brot auf, griff zum Bierkrug

und schlemmte, bis nichts mehr übrig blieb. So gesättigt war Minna, dass sie vermeinte, platzen zu müssen vor Zufriedenheit. Bitterkleesaft half beim Verdauen.

Sie hockte sich neben den Ofen. Er zog noch immer schwer. Minna nahm sich fest vor, den Essenkehrer zu bestellen. Oder den Ofenbauer, der ein neues Rohr einsetzen könnte. Geld besaß sie ja nun genug, und die Zeit der schwarzen Füllhörner war gerade erst angebrochen. Morgen würde sie mit frischer Beute auf den Markt gehen, und wenn das Geschäft gut liefe, an jedem Tag der Woche. Sieben mal zwei Taler und neun Groschen. Minna zählte die Summe an den Fingern ab. Darüber wurde ihr so behaglich, dass sie wegschlummerte. Die Töne, die sie auf der Spur ihrer Erinnerung begleiteten, drangen als dumpf klagende Stöße heran und verwehten als winselnde Winde. *Aus der Tiefe rufe ich zu dir.* Im Schlaf rutschte Minna zusammen. Ihr Kopf kam auf dem Ascheblech zu liegen. Im Feuerraum hinter der Ofenklappe knisterte es. Minna sah sich

in derselben Küche vor mehr als einem Dutzend Jahren. Die einzige Stelle im Haus, an der Wärme erzeugt werden konnte. Im Nebenraum, nicht größer als ein Hühnerstall, befand sich die Schlafkammer der Bergknaben. Minna lag auf der Ofenbank. Unersichtlich, ob es Winter oder Sommer, Nacht oder Tag war. Filzige Dunkelheit füllte den Raum. Da blitzte etwas auf, gläsern hell wie Himmelslicht, wie Minnas Haut.

Der von den Bergknaben als Einziger am Leben geblieben war, stieg zu Minna herauf. Es war der

jüngste, der nicht wusste, woher er kam, und nicht wusste, was er zu tun vorhatte. Seit sieben Wochen lebte er ohne seine Brüder, ohne rechten Schlaf, nur Arbeit Trauer Hunger. Er kannte sich nicht mehr wieder, kannte nur Minna, zu der er sagte, sie sei die Schönste im ganzen Land. Minna lachte und wollte wissen, wie viele Mädchen er im Land schon gesehen habe. Er spuckte aus. Nun forderte Minna gar, er möge ihr endlich seinen Namen nennen. Heißest du Hinz? Heißest du Karl? Heißest du vielleicht Priemkopp? Sie meinte, nach so langer Zeit des Zusammenlebens müsse ihm sein eigener Name eingefallen sein. Jetzt, wo man nur zu zweit war und es niemanden mehr zum Verwechseln gab. Er grunzte. Er wollte das Mädchen mit seinem Leib zudecken. Erst erwärmen, dann von seiner Wärme zehren. *Glück auf, Glück auf, der Steiger kommt.* Von Mutter und Om hatte Minna einst die Warnung bekommen: Keene Mannsbilder! Sie wusste nicht, ob der Leib, der auf ihr lag, einem Mannsbild gehörte oder einem verwunschenen Bergmönch, der sie in seine Grube entführen wollte, wie vor Jahren der Überläufer Nathanael in die Stadt.

»Willst du mein Liebster heißen?«, fragte Minna den Bergknaben.

Er fiel von ihr ab wie ein übermüdetes Tier.

»Deck mich zu«, bat Minna.

Er zog ihr die Schürze runter bis zu den Knien, klaubte ein Stück Priem aus seiner Hosentasche, steckte es in den Mund. In drei Stunden, verkündete er kauend, müsse er wieder einfahren. Während Minna auf der

Ofenbank liegenblieb, ging er nach nebenan in die Schlafkammer. Dort warf er sich auf seine Strohmatte. In den Matten der toten Bergbrüder hatten Mäuse Nester gebaut. Er weinte und wusste nicht, warum. Er steckte den Daumen in den Mund. Brauner Saft lief aus den Mundwinkeln. Traumfilz deckt das Bild zu.

Funken waren aus der Feuerstelle auf die Schlafende übergesprungen. In leuchtend blauer Flamme hatte sich ihr Haar entzündet. Furcht packte Minna, das Feuer könne mit einem Mal alles Gelungene des vergangenen Tages zunichtemachen. Sie klatschte sich mit beiden Händen auf den lodernden Schädel. Funken sprühten, weißer Nebel stieg auf. *Gott wohnt in einem Lichte!*

Minna riss die Tür auf. Draußen wusch sie unter der Pumpe, was ihr Haar gewesen war. Das kalte Wasser tat gut. In der Pfütze, die es auf dem Boden hinterließ, erblickte Minna des Teufels rußige Schwester. Jetzt erst spürte sie Schmerzen. Die wusste sie zu verbeißen. Früher, wenn es beim Auskämmen ziepte, hatten Mutter und Om behauptet: Haarweh giebt's net!

Zurück in der Küche, tränkte Minna ein Tuch mit Spitzwegerichtinktur und legte es auf die Brandwunden. Dann hockte sie sich auf die Hitsche, faltete die Hände im Schoß, schloss die Augen und sah

das Köpfchen des Neugeborenen haarlos glatt, als trüge es einen häutigen Helm. Minna stützte es mit der Hand, presste das Kind an ihren Schürzenlatz, während sein

Guschel an ihrer Wange vergeblich Nahrung suchte. Es war anschmiegsam wie ein Kätzchen, strampelte winselte bläkte, und als es unter Minnas Schürze endlich fand, was es suchte, beruhigte es sich. Minna atmete die warme, nach Milch duftende Luft. Sie wiegte das Kind und trug es später vor die Tür. Der Wald rauschte. Zapfen sprangen aus den Föhren und kollerten ihr vor die Füße. Mutter Vater Om, keiner von ihnen begrüßte das Wunder. Als es an ihrer Brust eingeschlafen war, ging sie nach Hause zurück und legte es in eine mit Schaffell ausgepolsterte Kiepe. Wenn der Liebste aus dem Berg kommt, hoffte Minna, wird er die Sonne sehen.

Dank der Tinktur hatte sich Minnas Schädelschmerz bald verzogen. In der Hoffnung auf den nächsten erfolgreichen Pilzausflug verließ Minna ihr Häuschen und begab sich Richtung Buchenwald. Die Totentrompeten, die am Tag zuvor massenweise bereitstanden, waren plötzlich wie vom Boden verschluckt. Nur Resthäute klebten an morschen Wurzeln. Auch sonst fand Minna keinen einzigen edlen Pilz. Bedrückt machte sie sich auf den Heimweg. Kein Leuchtzeichen, kein Wunder. Allmählich wuchs der Schmerz empor wie der Hunger, ihr unermüdlicher Begleiter. Zwar hatte Minna Zwiebeln, Erdäpfel, Leinöl und Brot in Reserve, doch die Schätze würden rasch aufgebraucht sein.

Ein Ast zog Minna die Beine weg. Sie fiel mit dem Gesicht ins Laub. Als sie sich wieder aufgerappelt hatte, sah sie vor sich an einem Baumstumpf Pilze. Sogleich

machte sich Minna an die Ernte. Vom Totholz losgelöst, ähnelten die Schwamme fleischfarbenen, ledrigen Ohren. Auf einen Markterfolg brauchte Minna nicht zu hoffen.

Sie trug ihren Fund zum heimischen Herd, schnitt ihn in dünne Streifen und briet ihn in Speck. Lange katschte sie auf dem ersten Bissen herum. Er schmeckte bitter. Minna schluckte, aß ein Stück Brot hinterher. Bald hatte sie sich an die Bitternis gewöhnt. Sie wärmte, vertrieb sogar das Kopfweh. Minna wischte den Rest der Mahlzeit mit den Fingern aus dem Tiegel. Wo bin ich?, dachte sie, bevor ihr schwindelte, der Schweiß die Schläfen hinablief, und da erblickte sie

flackernde Laternen auf dem Marktplatz Pfaffroda. Das Jahr 1820. *Sankt Barbara, in jeder Nacht …* Eine Krähe flog durch die Stadt. Sie hatte Flügel aus Papier und krächzte. *Fahr mit dem Vater in den Schacht …* Im Gnade-Gottes-Erbstollen war ein Hauer auf der Strecke geblieben. Sein Name: unbekannt. Man hatte sein Gezäh gefunden, Kreuzhacke, Schlägel und Eisen. *Steh du ihm bei in jeder Not …* Der Bergfürst hat den Hauer geholt. Zuvor hatte er Kobalt, Kupfer, Blei und Zinn aus dem Stein geschlagen. Sein Tagwerk war vollbracht. *Bewahr ihn vor dem jähen Tod …* Die Krähe behauptete weiterhin, der Vermisste sei Vater eines sieben Tage alten Kindes gewesen. Das Kind soll ungetauft sein, seine Mutter die ledige Leichsenring-Minna aus dem Zwergenhäusel. Die Zwerge waren schon lange allesamt hin. Sieben auf einen Streich. Da wusste man genug.

Johannistag in Pfaffroda. Vor Sankt Georg tanzten junge Leute um den Rosenstrauch. Sie haschten bunte Bänder, mit denen sie einander umschlangen. Itze bleimer zamm. In der Kirche hielt Minna ihr Söhnlein im Arm. In ein Tuch gewickelt, schlief es. Der Pfarrer wollte wissen: »Wo ist sein Vater?«

»Im Berg geblieben«, antwortete Minna.

»Name des Vaters?«

»Er war der jüngste von sieben. Habe ihn Liebster genannt.«

»Wie hat er sich denn selbst geheißen?«

»Priemkopp, Herr Pfarrer.«

Der Pfarrer schaute Minna mit zusammengekniffenen Augen an.

»Ich habe geglaubt, die Minna ist gescheit. Jetzt glaube ich ihr nicht mehr. Sie lügt. Liebster! Priemkopp! So heißt kein Mensch.«

»Er hat es nicht nötig gehabt, dass man ihn anders nennt«, entgegnete die junge Mutter. »Ein Mensch war er durchaus. Hat mich zugedeckt, als mir kalt war. Daraufhin ist er zu seiner letzten Schicht gefahren. Gott weiß, warum, ich kann's nicht wissen.«

»Du bist töricht, Minna. Das liegt bei dir in der Familie. Doch auch ein Bankert ist ein Kind Gottes und soll nicht für die Sünden seiner Mutter büßen. Also wie darf es heißen?«

»Johannes.«

»Es ist ein gar winziges Geschöpf. Johannes bedeutet Größe.«

»Ja, Herr Pfarrer, ich weiß: Größe und Vergebung.«

Aus den Fingern des Pfarrers tropfte geweihtes Wasser. Er murmelte: »Dass wir tüchtig sind, ist von Gott.« Dieser Spruch genügte dem Kind, das auf den Namen Johannes getauft war und das seine Mutter Hansl hieß, Zwarch Hansl.

Minna fegte den Dreck vom Küchentisch: Pilzkrümel Laubreste Insekten. Sie strich Schmierseife auf eine nasse Wurzelbürste und schrubbte das Holz, bis es glänzte. Auch den Küchenboden schrubbte sie, löste mit der Bürste Ruß und Fett vom gestampften Lehm, nahm den Schmand mit dem Hader auf, wiederholte den Vorgang. Barfuß eierte Minna über die Schlieren. Sauber muss es sein, denn Sauberkeit ist aller Laster Ende. Sie rieb die Ecken aus, putzte das Ofenblech, wischte das Fensterbrett, polierte mit einem Leder die Fensterscheiben. Die Wandbretter, mit Rauch und Spinnweben tapeziert, von Holzwürmern durchbohrt, wedelte Minna mit dem Federwisch ab. Ordnung ist das ganze Leben.

Ordnung halten macht hungrig. Die Schwamme waren verzehrt, andere Nahrung war nicht im Haus. Also hieß es für Minna, noch einmal vor die Tür gehen. Zu jenem Baumstumpf, den so viele ledrige Pilze besiedelt hatten, dass Minna nur zugreifen musste. Diesmal wählte sie nur junge Exemplare, da diese weniger bitter schmeckten. Tatsächlich war es eine feine Zweitmahlzeit, die sich Minna als Belohnung für ihre Ordnungsliebe bereitete. Zufrieden streckte sie sich auf der Ofenbank nieder, schloss die Augen und erkannte in

einer mit durchscheinender Hülle umspannten Kugel den Wald. Die Kugel rollte einen silbernen Berg hinunter. Im Inneren rannte ein Riese mit Mönchskapuze einem Zwerg mit Zipfelmütze hinterher. Der Riese, als Bergmönch verkleidet, segnete das Unglück. Der Knabe hatte kurze Beine und einen langen Atem. Er rannte dem Riesen davon. Der Riese brüllte. Der Wald hatte das Tal erreicht. Jetzt drehte er sich um sich selbst. Der Zwerg lief im Kreis. Seit drei Jahren suchte er seinen Vater. Rundum Kieferndickicht. Aus dem Dickicht flüsterte eine Stimme: »Komm zu mir, es wird dir kein Leid geschehen.«

Der Zwerg schob die Bäume auseinander. Da saß der Bergmönch im Soldatenrock. Er stopfte seine Pfeife mit schwarzem Pulver, reichte sie dem Kind und sprach: »Willst du die Pfeife nicht deiner Mutter bringen? Sie sitzt in ihrer Küche und braucht etwas Heißes zwischen den Lippen.«

Die Kiefern bluteten. Das Blut rann in zähen Strömen von den Stämmen auf den Boden. Dort wurde es mehr und mehr, schwoll an, bis der Zwerg knöcheltief in ihm versank. Kein Schritt, kein Tritt. Weder vor noch zurück. Der Bergmönch steckte dem Knaben die Pfeife in den Mund. Die Pfeife wurde ein Knochen, der Knochen ein Kreuz, da hing das Bornkinnel dran. Gelächter brachte die finstere Kugel zum Platzen.

»Mutter!«, schrie der Zwerg, »lach nicht!«

Minna war hochgeschreckt. Sie strich sich das Lachen aus den Mundwinkeln und dachte: Das Trugbild hat

mir Gott gesendet, so wie er mir Vater in die Küche geschickt und den Herrn Jesus in der Kirche mit Mutters Stimme hat sprechen lassen. Ich werde meinen Sohn suchen! Der Pfarrer sagt, ich finde überall zum Glück und *dass wir tüchtig sind, ist von Gott!*

Der Bach war angeschwollen. Sein Wasser riss Moos Blätter Steine mit sich. Ungezähmt schnellte und schäumte er an engen Stellen, sprang über die Ufer, flutete Teile des Waldes. Einmal versank Minna fast im Bruchholz. Zwischen aufgedunsenen Schwammen wuchsen Wolfstrapp Hahnenfuß Weiderich. Gerade rechtzeitig konnte Minna ihren Fuß aus einem Tümpel ziehen. Es regnete weiter. Das vollgesogene Wolltuch drückte auf Minnas Kopf. Minna nahm es ab, wrang es aus, und wie sie das Wasser herausplätschern sah, liefen ihr die Augen über. Es war ein Weinen, das alle Dämme brach, Worte hochspülte, mit denen sich Pfarrer Mutter Om einst gegen Minna bewaffnet hatten: Halt dei Gusch! – und sie weinte um ihre gestorbene Familie, um den verflogenen Nathanael, um die toten Bergknaben, um den Liebsten und um den Sohn. An der Stelle, wo Minnas Tränen auf den Waldboden tropften, erschienen schimmernde Fäden, die sich mit Erde und Nadellaub verwickelten und zu einem Ballen heranwuchsen. Aus dem Ballen wurde ein Pilz. Er trug einen tellergroßen Hut. Dieser fing Minnas Tränen auf und bewahrte ihn in sich als See. Der See hatte eine Weile im Hut gestanden. Als Minna keine Tränen mehr besaß, verlandete er. Die Krempe rollte sich ein, Lamellen blätterten ab, der Stiel knickte. Als der Pilz zerfallen war, nahm ihn die Erde auf.

Kurz darauf fand Minna grüne Schwefelköpfe, die sich in sämtlichen Stadien ihrer Existenz präsentierten. Eng aneinandergedrängte erbsengroße Exemplare neben Scharen jugendlich aufstrebender Buckelköpfe, diese wiederum umstellt von Büscheln flachhütiger Greise, denen der Saft von den Huträndern tropfte. Minna schien, als hätte sie unter den jungen ein Exemplar mit menschlichem Antlitz entdeckt. Es trug einen Hut, der an eine Zipfelmütze erinnerte.

»Dank Gott!«, stieß Minna hervor, »dass ich dich hier finde!«

Das Pilzlein duckte sich. Seine Brüder breiteten ihre Säume aus, drückten es nieder und versteckten es. Da griff Minna behände in das Büschel Schwefelköpfe, die den Angriff nicht dulden wollten und giftigen Saft absonderten. Doch dieser tat Minna nicht weh.

»Der Bengel läuft mir nicht nochmal davon«, frohlockte sie und hielt den Winzling zwischen Daumen und Zeigefinger. Noch hörte er seine Brüder kommandieren. Hiergeblieben! Sie hätten den Wald in Besitz genommen! Sie seien diejenigen, die ihn vom Totholz befreien! Und *er* gehöre zu den Befreiern!

Da begann er zu wachsen. Aus dem Pilzlein wurde etwas Warmes, aus dem Warmen alsbald ein Menschlein, das hieß Hansl. Es trug einen Mantel aus Laub und Moos, und als es minutenschnell zum Knaben herangewachsen war, setzte es Minna auf ihre Schultern. Das gefiel ihm. Es rief hüh!, trat mit den Fersen gegen Minnas Brust und umklammerte ihren Hals. Mutterkopf Schwefelkopf Kehlkopf. Mit Mühe zog Minna

die Fingerklammer auseinander und ließ das Kind von ihren Schultern kippen. Es fiel ins Moos. Gleich stand es wieder aufrecht, und wie es so stand, wuchs es abermals ein Stück. Es war kein Schwefelkopf mehr, kein Zwerg, sondern ein Junge von vierzehn Jahren. Leichsenring-Johannes, der sich an die Brust schlug und in Gelächter ausbrach.

Erst stand Minna starr vor Verwunderung, dann lachte auch sie. Es war ein glockenhelles Getön, das sie gleichsam erfrischte wie erschreckte. Kein Weib aus ihrer Ahnenschaft hatte sich jemals zu solchem Gelächter hinreißen lassen. Selbst Gaukler hatten die Alten nur mit verkniffenem Grinsen quittiert. In Momenten der Zufriedenheit gestatteten sie sich ein Lächeln. Lachweiber, hieß es, seien unfromm, frech, des Teufels. Jeder normale Mann fürchte solch Weib, weil: dieses fürchte keinen Mann.

Nun lachte Minna zusammen mit Hans, der um seine Mutter herumtanzte. Seine Töne wechselten von Knabengekreisch auf Männerbass. Lachend bestätigte er, es sei an der Zeit, wieder zueinander zu kommen. Mutter müsse nur hören, was er zu sagen habe, und wer nicht hören wollte, müsse fühlen! Dreimal drehte sich Hans um sich selbst. Seine Augen glänzten.

»Schau mich an!«, befahl er.

Minna schloss ihre Augen.

»Hör mir zu!«

Sie hielt sich die Ohren zu. Der Knabe wollte Mutters Sinne befreien. Sie kicherte. Es war ein leises, abwehrendes Giggeln, das keine Macht unterbinden konnte.

Es perlte zwischen ihren Lippen und wollte kein Ende nehmen. Da schlug er zu wie ein Mann und

sie stieß Hans beiseite und fing an zu laufen und lief über die spitzen Steine und durch die Dornen, und Bäche und Flüsse rauschten an ihr vorbei, denn es war einmal und will noch nicht gestorben sein: Leichsenring-Minna, mit zerrissener Haut, mit blutig geschlagener Nase, und sie lief, dreißig Jahre alt, dem eigenen Sohn davon.

Das Zwergenhäusel empfing sie mit Trost und Stille. Jetzt war sie wieder allein. Nichts Essbares auf dem Küchentisch. Kein einziger Pilz, obgleich der Herbst ein reicher Geber gewesen war. Minna könnte der letzten Zwiebel die Haut abziehen und sich den Geschmack auf der Zunge zergehen lassen. Der Hunger machte sich nicht mehr viel aus Minna.

So kam es, dass sie hinnahm, wie Dezemberschnee die letzten Früchte des Waldes bedeckte. Bucheckern, Eicheln, Hagebutten, Vogelbeeren, Schwamme. Stets hatte Minna für den Winter Vorräte angelegt. Nun genügten ihr täglich ein paar Nüsse. Sie sammelte Kienäpfel und Holz, um den Ofen zu füttern. Die Küche hielt Minna blitzblank. Ebenso die Schlafkammer, in der noch immer der Geruch der Bergknaben hauste.

Mitunter stapfte Minna durch den Schnee hinunter ins Dorf, um Almosen zu erbetteln. Dafür kaufte sie Kerzen Seife Leinöl. In der Kirche dankte sie für das Glück, Armut als reiche Gabe empfinden zu dürfen. Die Pfaffrodaer begafften Minna, so dürrwänstig war

sie geworden. Nur das Haar, das dem Brand zum Opfer gefallen war, begann wieder zu wachsen. Auf diese Weise gingen zwölf Monate ins Land. Geduldig lebte Minna und dachte, so gehe es weiter ihr Lebelang.

Der Vorabend des ersten Advents war herangekommen. Minna hatte die Truhe in der Kammer geöffnet, um die Männel zu wecken. Das Jahr über ruhten sie in Pappschachteln, gebettet in Holzwolle, manche angeschlagen, andere aus dem Leim gegangen, doch stets bereit, Minnas Warten zu verkürzen. Dies war hierorts Brauch, den sich keiner versagte. *Aus der Tiefe rufen wir zu dir.*

Minna rief: »Raus aus den Federn!«

Da traten sie auf dem Küchenbord an: zwei Engel mit Lichtertüllen, ein Bergmann in Paradeuniform, ein Räuchermann in Mönchskutte, ein Nussknacker im Soldatenrock. Minna gedachte der Bergknaben, die sich in langen Nächten ihre wunden Finger noch wunder geschnitzt hatten. Schläfrig, hungrig, im Rücken die nächste Schicht, hatten sie nach Stemmeisen, Stecheisen, Beitel, Messer und dem weißen Pulver Arsen gegriffen. Das Holzschnitzen lag ihnen im Blut. Ihr Blut war dünn und krank von der Dunkelheit unter Tage. Die Männel hatte Minna für ein paar Groschen an einen Spielzeughändler aus Seiffen verkauft. Den hatten sie reich und gnadenlos gemacht.

Mittlerweile war auch Minna reich geworden. In stummer Zufriedenheit verkehrte sie allein mit sich. Was um sie herum geschah, nannte sie *ferne Welt* und

wusste nicht, was diese mit ihr zu schaffen hatte. Minnas Einsamkeit war aufgehoben in himmlischer Hoffnung. Sie steckte die erste Kerze auf einen Engel, zündete diese an, und der Engel versprach: *Siehe, dein König kommt zu dir, ein Gerechter und Helfer.*

Da klopfte es an die Tür. Herein trat Hans. Er trug Lodenkittel, Filzhut, Pelzhandschuhe, Leinhosen sowie lederne Stiefel. Noch immer war er einen Kopf kleiner als seine Mutter, jedoch die Freude über seine Heimkunft wirkte so stark, dass Minna glaubte, von der höchsten Macht ans Herz gedrückt zu werden.

»Ich lauf dir nie wieder davon«, versprach sie.

»Ich auch nicht«, sagte Hans.

Eine Weile standen sie beieinander, während die Männel wachten und draußen der Schneesturm pfiff. Minna nahm ihrem Sohn den Hut vom Kopf, streichelte sein Haar, den Hals, fuhr mit den Händen unter seinen Kittel. Dort war er warm. Hans öffnete den Mund, um etwas zu sagen. Minna tat das gleiche. Sie küssten sich wortlos. *Ein Sohn ist dir gegeben. Fürchte dich nicht!*

Als der Schnee das Fenster zugeweht hatte, legte Hans seinen Kittel ab. Darunter trug er ein wollenes Leibchen. Er befahl Mutter zur Ofenbank und setzte sich auf ihren Schoß, wie er es als Kleinkind getan hatte. Im Ofen knackte es. Der Knabe war viel schwerer als ein gewöhnlicher Vierzehnjähriger. Minna dachte: Er nimmt allein durch meine Liebe zu. Doch als sich sein Gewicht wie ein Zentnersack anfühlte, stöhnte sie. Da begann Hans zu reden. Mit brüchiger Stimme forderte er sein Recht auf adventlichen Duft, seinen gewohnten

Schlafplatz und einen Braten, wie ihn sonntags die reichen Leute essen. Er schwor, Mutter liebzuhaben wie keinen Menschen sonst. Nur sein Hunger sei stärker als die Liebe.

Minnas Küchentisch war blank. Hans wollte sich nicht aus seinem Sattel erheben, aus Sorge, Mutter könne den Fresser wieder aus dem Hungerhäusel werfen, davonschicken in den Wald, in den er vor Jahren geflohen, aus dem er eben erst zurückgekommen war. Jetzt hatte auch Minna zu ihrer Stimme zurückgefunden und flehte, Hans möge sie freilassen, damit sie etwas zu essen besorgen könne. Zwar gäbe es im Haus weder Braten, Pfefferkuchen noch Schwamme, ein paar Nüsse würde sie freilich herbeizaubern können. Wie festgewachsen saß der Knabe auf Mutters Schoß, wurde schwerer und schwerer.

»Braten!«, sagte er.

Noch nie hatte es in Minnas Küche Braten gegeben. Kein Bergknabe hatte je solchen verlangt. Nun hockte der Kohldampf auf Minna und quengelte. Das Fenster war blind von Schnee. Die Engelkerze nurmehr ein Stumpen. Holz musste im Ofen nachgelegt werden.

»Steig ab«, bat Minna.

Hoppe hoppe Reiter, wenn er fällt, dann schreit Mutter wie eine gestochene Wildsau. Hans lachte. Minnas Hüftgelenke knackten. Er erdrückt mich, fürchtete sie. Gott will es so.

Da wurde von außen das Fenster aufgestoßen. Herein flog eine Krähe. Sie drehte eine Runde, warf Kot ab, flatterte Richtung Küchenbord, riss Berg- und Räucher-

mann um und prallte gegen den Nussknacker. Sogleich bohrte dieser sein Schwert in den Leib des Angreifers. Der Vogel taumelte, stürzte, erhob sich wieder und rauschte geradewegs in die offene Ofenklappe. Der Deckel fiel zu. Der Engel blies die Kerze aus. Stockdunkelheit. Minna betete: »Herz Jesu, du glühst in Liebe zu allen Menschen, gib auch uns Licht.«

»Und Braten!«, ergänzte Hans.

War es verirrtes Mondlicht oder waren es Lichtfäden, die sich draußen unterm Schnee bemerkbar machten? Jedenfalls fiel vom Wald her ein heller Strahl in die Küche, und alles ward friedlich und gut.

Mutter und Sohn saßen nebeneinander am Tisch. Vor ihnen, hübsch angerichtet auf zwei weißen Tellern, dampften saftige Schlegel, zartes Brustfleisch, rösches Gekröse. Die Engel trugen schwarze Schwingen. Das Räuchermännel paffte Weihrauch Myrrhe Tannenharz. Der Bergmann steckte sich ein Licht auf. Der Nussknacker salutierte. Es roch nach Nelken Beifuß Rosmarin. Das Geflügel, von einem Ring gebutterter Pilze umschlossen, war gespickt und gepfeffert. Der Appetit hatte wieder zu Minna gefunden. Auch Hans wurde satt.

Es war einmal ein Winter, der wollte mit Eis und Schnee den Miriquidiwald von der Dunkelheit seines Namens befreien und von der Schwärze seiner Geschichte und von dem Grauen seiner Gegenwart und von der Düsterkeit seiner Zukunft. Von November bis März zog sich der Winter hin.

Es war einmal eine arme Frau, die war in einer Glückshaut geboren und fand zeitlebens auch im tiefsten Jammer ihr Heil.

Längst ruhten die Männeln wieder in ihren Schachteln, mit ihnen das Wunder. Bei aller Nahrungsknappheit schaffte es Minna, ihrem Jungen täglich ein Mahl zu bereiten, während sie selbst mit ein paar Nüssen vorliebnahm. Hans aß und trank, legte die Beine auf den Tisch und zählte die Fliegen an der Decke. An seinem fünfzehnten Geburtstag war er aus seinem Leibchen herausgewachsen und schalt seine Mutter, sie habe vergessen, es anzustricken.

»Es ist keine Wolle im Haus«, seufzte Minna.

»Trenn dein Kopftuch auf«, befahl Hans.

Minna trennte ihr Kopftuch auf und strickte mit der Wolle das Leibchen an. Daraufhin platzte Hansens Kittel aus den Nähten. Hans schalt seine Mutter, sie habe vergessen, den Kittel zu weiten.

»Es ist kein Zwirn im Haus«, sagte Minna.

»Reiß dir die Haare aus«, befahl Hans.

Minna riss sich einen Faden vom Kopf, zog ihn durchs Nadelöhr, heftete Hadern an den Loden und machte den Kittel weit. Tags darauf passten Hansens Füße nicht mehr in seine Stiefel.

»Du hast vergessen, mir neue zu kaufen!«

»Wir haben keinen Heller übrig«, sagte Minna.

»Arbeite!«, rief Hans.

Es war einmal eine erzgebirgische Dorfgemeinde, die hieß Pfaffroda. Sie besaß ein Schloss, eine Kirche mit Orgel, einen Marktplatz sowie viele fleißige Bewohner.

Schwarze Vögel überflogen den Ort und verkündeten das Neuste von nah und fern. *Eisenbahnunglück in England! Einführung der Köpfmaschine in der Schweiz! Entdeckung des Phantomschmerzes durch deutschen Anatom!* Vor allem die Marktweiber stellten ihre Ohren auf. So gab es neben Weltsensationen Gerüchte über die ortsansässige Leichsenring-Minna, dem Bettelweib, das inzwischen nicht nur kirchenmausarm, sondern auch närrisch geworden sei. Sie soll sich an Schwammen berauschen und in der Lage sein, in das Leben ihrer Urahnen zurückzuschauen! Und wie die ihren Gung verpampelt hat! Den rotzpieprigen Zwarch! Den faulen Frasssack, der zwee linksche Hände hutt! Und dern albernes Huuchdeitsch passt fei gar net hiernei!

Bei solchen Nachrichten ließ selbst der Pfarrer verlauten, die Minna fände nicht mehr zum Guten. Sie gehöre wohl bald ins Spinnhaus, wenn es mit ihr so weitergeht.

Es war einmal ein Tag im März 1837. Bis in die Mittagsstunden hatte Minna im Wald Pilze gesucht und einen Korb voll zum Putzen auf den Tisch gestellt. Ihr Sohn wartete auf die Beute. Wie jeden Tag galt für ihn das Mittagessen als Höhepunkt, da er sonst nichts tat außer warten und hoffen, ein Wunder würde ihn von seiner Mutterliebe entbinden und ihn endlich voranbringen.

Da klopfte es. Die Tür ward aufgetan. Ein Fremder trat herein. Er trug eine schwarze Haube auf dem Kopf sowie ein rotes Tuch um den Hals. Als Hans ihn erblickte, wurde ihm bang, und er verdrückte

sich unter die Ofenbank. Ohne Umschweife gab der Fremde kund, er käme aus dem benachbarten Dörnthal und habe gehört, hier lebe ein Junge ohne Vater. Der soll flugs sein Ränzlein schnüren und mit ihm gehen. Er bräuchte einen Knecht. Während Hans den Atem anhielt, erkundigte sich Minna: »Wer seid Ihr, Herr? Seid Ihr ein Überläufer? Ein Doktor? Seid Ihr ein Jud?«

»Meister Engelhardt, der bin ich. Kennst du mich nicht, sollst du auch mehr nicht wissen. Zu viel Wissen hält den Taler nicht blank.«

Mit diesen Worten überreichte der Fremde Minna einen Taler. Der glänzte so silberhell, dass sein Licht den Jungen aus seinem Versteck hervorlockte. Meister Engelhardt fragte ihn: »Wie heißt du?«

Verschämt blickte der Knabe an sich herunter. Sein Kittel war angesetzt, seine Hosen löchrig, er trug Lappen um die Füße.

»Johannes, der bin ich«, flüsterte er.

»Hansl«, berichtigte Minna.

»Komm mit mir, Johannes«, sprach der Fremde, »ich will aus dir einen Meister machen.«

»O ja!«, rief Minna, »ein Barbier wäre gut!«

Sapperlot, dachte Engelhardt, was für ein einfältiges Weib.

Laut sagte er: »Gewiss, gute Frau. Ich werde deinen Sohn lehren, wie man mit Köpfen arbeitet.«

Hans wandte ein, dass er mehr begehre als Haare schneiden, Locken drehen und Bärte stutzen. Engelhardt schnipste mit den Fingern. Schon steckten die Füße des Knaben in zwei ledernen Stiefeln. Dazu trug

er neue Hosen, einen groben Umhang sowie ein Messer am Gürtel. Hans blickte an sich herunter und sprach: »Herr, wenn ich so leicht meinen Lohn verdiene, will ich gern mit Euch ziehen. Ihr scheint zu wissen, was Ihr an mir gewinnt.«

Minna küsste den Taler, den ihr der Fremde gegeben hatte, und aus dem Taler wurde ein Gulden und aus dem Gulden eine kleine Sonne.

»Also seid Ihr ein Jude«, stellte Minna fest.

»Ich bin so viel ein Jude wie du eine Königin bist«, sagte Engelhardt und lachte.

Minna duckte sich. Sei ner nette so vierlaut!, hatte Mutter immer gewarnt. Nun war sie vorlaut gewesen, und der Fremde spottete über sie. Dabei hatte Minna dankbar zu sein, dass er ihr solchen Reichtum beschert hatte. Meister Engelhardt trieb zur Eile. Hans drückte Mutter fest an sich, bevor er seinem Lehrherrn auf dem Fuß folgte.

Minna dachte: Jetzt habe ich den Jungen wieder los, aber gut, dass er ein Meister werden wird. Sie winkte ihm nach. Als sie ihn aus dem Blick verloren hatte und zurück in die Küche trat, war die Sonne erloschen. Statt ihrer lag da ein kupferner Heller.

Und weil Leichsenring-Minna wiederum verlassen war, und weil es so wehtat, dass sie die Wahrsage ihres Glücks fast aus dem Bewusstsein verlor, leerte sich allmählich ihr Kopf von allem Schmerz. Wer bist du?, fragte sie sich. Minel Minna Wilhelmina. Niemand redete gegen die Dreifaltigkeit. Die Menschenleere gab Minna Raum. Der Raum war voller Frühling. Minna

ging hinaus zur Wasserpumpe, wo sie in der Pfütze ihr Antlitz betrachtete. Das schwefelgelbe Haar, die fahlen Wangen, die sich verirrenden Augen – all das blickte ihr ohne Lüge entgegen. Minna, die *Liebe.*

In den folgenden Tagen richtete sie eigenhändig eine schiefe Wand im Zwergenhäusel auf und zog Fett aus dem Herd. Bei Nachbarn verdingte sie sich als Wäscheausbesserin und sang *Wer den Heller nicht ehrt, ist des Talers nicht wert.* Auch lachte sie manchmal ohne ersichtlichen Grund.

Die höchste Form des Glücks ist ein Leben mit einem gewissen Grad an Verrücktheit.

Erasmus von Rotterdam

In der Kirche Sankt Georg hörte man neue Töne. Der alte Pastor war gestorben. Der neue, der zum geistlichen Amt geweiht wurde, verschwand fast in den Weiten seines Talars. Die Ärmel flatterten, als hätte er allzu großen Respekt vor seiner Aufgabe, den Pfaffrodaern das Wort des Allmächtigen beizubringen. Deren Frommheit galt seit Jahrhunderten als unerschütterlich, auch wenn sie knarzig waren und nicht mehr als ihrer Pflicht nachzukommen schienen.

Es war dieser Pfarrer, der von sich behauptete, auf dem Gebiet der Ermunterung besonders kundig zu sein. Zu diesem Zweck zog er Fliegenpilzen die Haut vom Kopf, trocknete und zerrieb sie zu Pulver.

An einem Septembersonntag 1837 begab sich in Pfaffroda ein Ereignis besonderer Art. Wie üblich sollte nach dem Gottesdienst das Abendmahl gereicht werden. Als dem Glockenläuten folgend die Orgel einsetzte, fühlte sich eine Frau der Gemeinde von Eifer durchdrungen: Leichsenring-Minna. Sie saß auf der hintersten Bank, die Hände gefaltet. Sie lächelte. Einmal entfuhr ihr sogar glucksendes Lachen. Im Kirchenschiff hallten Grüße Gemurmel Gebete. Der Pfarrer hob seine Fittiche und sagte *Ehre sei Gott in der Höhe*. Ach, dachte Minna, fliegen möcht' ich auch können, wie die Vögel im Himmel oder wie damals Nathanael übers Feld, von mir weg, in die Stadt oder wer weiß wohin.

Die Gemeinde raunte. Der Pfarrer holte hinterm Altar die Gaben hervor. Christi Leib und Blut würden Vergebung bringen, Leben und Seligkeit. Minna hielt die Hände auf. Diese hatte sie zur Feier des Tages mit Kernseife gewaschen, die Schwielen gesalbt, die Nägel geschnitten. Der Pfarrer servierte das Silbertablett mit den Hostien. Stück für Stück teilte er aus, segnete, bis er alle Gläubigen bedacht hatte. *Und sie brachen das Brot mit Freuden.*

Nun stellte sich heraus, dass die Hostien, die der neugeweihte Kirchenherr seinen Schäfchen verabreicht hatte, keine Oblaten waren, sondern gräuliche Plättchen, getrockneten Kartoffelschalen ähnlich. Auch fehlte das Kreuzsymbol. Es war der Weißbäcker, der sich hinter vorgehaltener Hand erkundigte, welcher Itzig den Teig zusammengerührt habe. Schändung sei das! Frevel! Man wisse doch …

Jeder schaute nach seinem Nachbarn, jeder erkannte jeden in aller Ewigkeit. *Nun, unser Gott, wir danken dir.* Allein Minna hielt ihren Blick nach vorn gerichtet zum Pfarrer, dessen Art zu geben sie berückte. Sie wusste nicht, wie ihr geschah. Nachdem aller Argwohn, die Hostien seien Ergebnis einer fremdblütigen Schandtat, ausgeräumt war, hatte der Pfarrer seine Gemeinde dazu gebracht, das heilige Backwerk anzunehmen. Da es sich nicht wie gewohnt im Speichel löste, sondern nur mildes, süßliches Aroma verströmte, begannen die Leute jene Gabe gehorsam im Mund zu bewegen. *Dies ist mein Leib.* Der Pfarrer ließ den Weinkelch kreisen. *Dies ist mein Blut.*

Frauen Männer Halbwüchsige, die das Mahl genossen hatten, strömten aus der Kirche. Das geschah aber nicht wie sonst, wo jeder auf kürzestem Wege nach Hause eilte. Diesmal liefen alle gemeinsam in eine Richtung. Manchem steckten noch Fäserchen zwischen den Zähnen. Greise schmatzten und mümmelten. Jesu Leib wärmte das Innere der Menschen, ermunterte die Glieder, erheiterte die Seelen.

Keiner erhob Einspruch, als sich plötzlich Leichsenring-Minna an die Spitze des Zuges stellte. Der Pfarrer, seine Hostien als zeitgemäßes, glaubensstärkendes Wundermittel definierend, überließ Minna die Führung. Hatte er doch ihren Blick erfahren, der eine Hingebungssehnsucht auf Neues versprach, etwas, das der gewöhnliche Erzgebirger verborgen hielt. Der Pfarrer steckte der Auserwählten noch ein paar Hostien als Pro-

viant zu, und so lief der Haufen der Gläubigen unter Minnas Leitung über den Markt. Frohsinn hatte die Leute ergriffen. Entzückung ließ sie taumeln wie auch energischen Schrittes voranziehen. Keiner, selbst Minna nicht, ahnte, was sie antrieb.

Allein der Pfarrer wusste es. Er griff Minnas Arm und flüsterte ihr etwas ein, das klang, als würde die Bibel Lügen gestraft: Gott habe die Menschen nicht alle gleich geschaffen und den Reichen und Mächtigen gesagt, sie sollen über alles Getier, das auf Erden kriecht, herrschen. Sie würden das Blut aus Bauern, Handwerkern und Knechten pressen, genauso aus den dienstbaren Bürgern Pfaffrodas. Großes Unrecht herrsche. Es gälte, die Augen aufzuheben. Geh voran Leichsenring-Minna!

Minna, die niemals im Leben etwas aufgerührt oder nur einen Gedanken an Empörung verschwendet hatte, wollte das Herz überlaufen. Der Schwarzrock hatte sich bei ihr untergehakt. Das empfand sie als Segen, als etwas, das sie auf ihre Bürgschaft verwies. Alle folgten der Glücklichen, auch die sie sonst gemieden und verhöhnt hatten.

Der Zug bewegte sich die Straße am Berg entlang. Auf dem Hügel sah man die Schlossmauern, die Schieferschindeltürme, darauf die Wetterfahne. Fröhlich waren die Menschen. Sie sangen sprangen tanzten. Lahme glaubten laufen zu können. Bedürftige sahen sich in vornehme Tracht gekleidet. Verzagte vernahmen Stimmen, die ihnen Mut zusprachen. Der Ausflug machte hungrig. Auch Minna, die unermüdlich an der

Spitze ging, brannte darauf, sich mehr Nahrung einzuverleiben als ein paar Hungerfrüchte.

Einmal glaubte sie, in der Menge ihren Sohn zu erkennen, wie er mit Haarschere Rasiermesser Seifendose jonglierte. Nebenbei tauchte vor ihren Augen Nathanael auf. Er saß auf einer Dampfmaschine, trug einen meterhohen Zylinder aus glänzender Seide und rief: Es ist Hoch-Zeit, Minna! Hoch-Zeit für uns! *Dies ist der Tag, den der Herr gemacht hat!*

Als der Pfarrer Minna um die Hüfte fasste und sie ein Stück von der Erde hob, meinte Minna, im Paradies zu sein. Kurz vor dem Schlossteich stockte der Zug. Einigen Mitläufern schwindelte es. Sie mussten pausieren. Andere begannen, auf ihre Anführerin einzuhacken: Dohierde stimmt wos net! Die Hex will uns zeing, wus langläfft? Sogar der Herr Baster hot durch die sein Grips verlorn!

Eine Frau packte Minna am Rockband, um sie zurückzuziehen. Ein Bursche riss ihr die Haube vom Kopf. Der Weißbäcker höhnte. Gekreisch und Gezeter. Lediglich der Apotheker nahm Minna in Schutz. Sie sei gewiss nicht schuld an dieser Verwirrung. Er mutmaßte eine Massenvergiftung durch von Mutterkornpilz verunreinigtes Hostienmehl. Dor Kornbauer is schuld! Dor Müller! Dor Beck! Dor Baster! Tumult und Gähnen. Der Pfarrer versuchte seine Gemeinde zu beruhigen: Keine Sorge, alles liefe nach der Ordnung, auch wenn die Welt aus derselben geraten sei! Leichsenring-Minna sei das Glück hold und sie wisse den Weg! Vertraut ihr! *Herr, zerbrich den Stecken unserer Treiber und lass das Reich der Gerechtigkeit zu uns kommen.*

Teils lachend, teils mürrisch zog der Haufen weiter den Berg hinauf. Einige Bürger hatten sich aus dem Zug gelöst. Neugierige waren hinzugekommen: Studenten Spaßmacher Wandervolk. Ohne von den Hostien gekostet zu haben, liefen sie mit und freuten sich über den Auftrieb. Auch der Rest der Bürger folgte, in behördlicher Formation, Schulzen, Nachtwächter, Offizianten, Gendarme, die Polizei. Die Männer schüttelten ihre Fäuste und zeigten ihre Waffen. Minna hielt ihr Soll in Form ihres Proviants bereit.

»Ein Stück Konfekt, die Herren?«

Erst bezichtigten sie Minna der Bestechung, doch als der Pfarrer mit dem Chor aller Gläubigen und Ungläubigen die Dorfgewalten in sein Hoffnungsgebet einschloss, erbarmten sie sich, kosteten jeder ein Stück und schlossen sich dem Zug an.

Das Schloss war erreicht. Die Menschen versammelten sich davor in heiterer Glückseligkeit. Der Pfarrer, den ungeahnter Zweifel durchfuhr, versuchte Leichsenring-Minna ihrer Führerpflicht zu erinnern und befahl ihr, zum Sturm auf das Schloss zu blasen. Doch den Pfaffrodaern schien es, als sei der Herrschaftssitz ganz aus Brot gebaut und mit Kuchen bedeckt. Die Fenster sahen aus, als seien sie von Zucker, die steinernen Löwen, die das Wappen über dem Portal zierten, aus Karamell und die Buchstaben der Inschrift über dem Tor aus Russischbrot: BEWAHR DIS HAVS O WECHTER GVTH.

Minna blies nicht zum Sturm. Sie war die erste, die ein Steinchen von der Schlossmauer brach und glaubte,

es sei ein Stück Brot, köstlicher als die verwunschene Hostie. Der Gendarm biss in einen Wandschindelpfefferkuchen. Der Nachtwächter leckte an einer Laterne, als sei es Kandelzucker, und alle anderen, bis hin zur Kirchenmaus, taten es ihm und Minna gleich. Keiner merkte, dass all die Leckereien aus Stein, Holz, Eisen, Gips oder Putz bestanden. Selbst, als sie sich die Zähne ausbrachen, die Zungen zerrissen, den Schlund verstopften und beinahe erstickten, beharrten sie auf ihrem Geschmack.

Umsonst hoffte der Pfarrer, seine Schäfchen würden erwachen, mit Füßen und Fäusten ans Schlossportal donnern und endlich Frieden und Gerechtigkeit fordern – für alle Menschen auf der Welt. Allein: Sie lutschten Steine wie Bonbons, kauten Sand und schluckten, was ihnen die Einbildung als köstlich vorgaukelte. Als der Geistliche merkte, dass keine Predigt, keine Warnung vor der Hölle weltlicher Misere half, flehte er die Führerin des Haufens an, zur Umkehr aufzurufen.

»Wozu?«, fragte Minna.

Sie hatte, wie alle anderen, den Mund voll.

Es dauerte drei Tage, da war auch der letzte Pfaffrodaer wieder nüchtern. Man zählte Wunden, Lügen und Enttäuschungen. Gegen den Pfarrer wurde durch die Bürgerschaft Klage erhoben. Leichsenring-Minna bezichtigte man der Verschwörung mit dem Unglauben. Was die Hostien anbelangte, so buk sie fortan der Weißbäcker selbst.

Ich kam in einem Hautnetz zur Welt, das später um einen niedrigen Preis zum Verkauf ausgeschrieben wurde.

Aus: Charles Dickens, *David Copperfield*

Abermals waren sieben Jahre ins Land gegangen. Der Pfarrer war über alle Berge davon. Minna hatte ihre Anstellung als Ausbesserin verloren und war auf Almosen angewiesen. Sie ließ ihre Vertrauten bei sich wohnen: Ordnung, Sauberkeit, Fleiß, Bescheidenheit, Sittsamkeit und Frömmigkeit. Minnas Tag war ausgefüllt mit Putzen und Beten. Sonntags, wenn sie in ihrer Küche allein mit sich den Tag des Herrn feierte, zogen sich die Stunden in die Länge. Vierzig Jahre war sie nun alt. Ihr Rücken hatte sich gekrümmt, doch widerstand sie allen Anfechtungen, die sie aus ihrem Trott hätten bringen können. Allein der Wunsch, ihren Sohn wiederzusehen, nagte in ihr.

September 1841. Jahrmarkt in Pfaffroda. Geschäfte Trubel Lustbarkeit. Es duftete nach Festkuchen und Gewürzen. Fiedler spielten zum Tanz auf. Zeitungsverkäufer wetteiferten mit den Botschaften der Krähen: *Giftmörderin in Frankreich zu sieben Jahren Zwangsarbeit verurteilt! Amerikaner entwickelt Pelznähmaschine! Siebenjähriger Violinist gibt in Böhmen Konzerte!* In einer Schaubude wurden verwachsene Menschen ausgestellt, nebenan eine einäugige Prinzessin sowie wilde Tiere. Ein Bauchredner ließ seine Eselspuppe das Vaterunser rückwärts aufsagen. Eine junge ungebärdige Frau, deren nackter Leib mit Pech bestrichen war, wurde vor

die Menge gestellt, und ihr Besitzer rief: »Diese Menschenfresserin, meine Herrschaften, würde Sie sofort verspeisen, wenn es nicht nach dem Criminalgesetzbuch verboten wäre!«

Kreischen, Gelächter, Reitschulen, Vogelschießen, Zauberer, Zuckerzeug. Im Guckkasten durften die Pfaffrodaer die Welt in fotografischen Bildern bestaunen: Paris London Berlin. Sie rieben sich die Augen, als ob sie weinten oder von lebenslanger Müdigkeit befallen wären. Do kimmt unnereens net hie! Aber zu was sollmer a su weit weg?

Der Planetenmann sagte die Zukunft wahr. Bildermaler und Spielzeugmacher boten ihre Waren feil. Ein Vogel, der auf eine Stange gebunden war, wurde zum Abschuss freigegeben. Für einen Neugroschen verkaufte der Bergmönch brennenden Kräuterschnaps.

Leichsenring-Minna war auf den Jahrmarkt gekommen, um ihre Haut zu verkaufen. Jene Glückshaut, die mit der rauen Hülle des Alltags verwachsen war und dennoch, als sei der Zufall Gesetz geworden, die Leute scheelsüchtig machte. So dachte Minna. Da sie für ihr Geschäft keine Standgebühr bezahlen konnte, wurde sie an den Rand des Jahrmarktes verwiesen. Dort suchte sich Minna einen Platz, streifte Wolltuch Jacke Schürze von sich, legte die Sachen auf den Boden, zog das Hemd aus und tat es dazu. Sie stand im Leibchen, zeigte ihren blanken Hals, ihre Arme, ihre Hände. Wollte jemand wissen, ob Minna Geld fürs Gruseln oder fürs Auslachen verlangte, ob sie einen Aussatz zu kurieren hätte oder von Tollheit befallen wäre, sprach sie: »Nichts von

alledem. Doch wer für einen Heller meine Haut anfasst, dem schlägt es zum Glück aus.«

Kein Mensch wollte Minna auch nur mit einem Stock berühren. Man drückte ihr Schimmelpfennige in die Hand, taube Nüsse, einen löchrigen Lappen. Betrunkene schlugen vor ihr Wasser ab. Andere gafften, um ihren Weg in der Gewissheit fortzusetzen, sie seien allemal glücklicher als diese Verrückte. So ging es bis zur Dämmerzeit. Minnas Haut erwies sich als unverkäuflich. Plötzlich stand ein Herr vor ihr. Er trug Wichsstiefel, Lederkappe und ein rotes Tuch um den Hals.

»Grämt euch nicht, gnädige Frau«, sprach er zu Minna, »habt ihr mir einst Euer Bestes gegeben, so werde jetzt *ich* Euch mein Bestes geben.«

»Bin ich gnädige Frau, so seid Ihr gewiss der Direktor der Zauberbude und könnt Schweine in Prinzessinnen verwandeln«, sagte Minna.

»Erkennt Ihr mich nicht?«

»Erkennen? Ich? Zu viel der Ehre …«

Der Herr legte seine Hand auf Minnas Arm. Sie war schwer, heiß, er schob sie hoch zur Schulter und weiter, streichelte Minnas Hals, Wangen und Haare. Als er ihr einen Taler unter die Augen hielt, erkannte sie Engelhardt, den Meister der Kopfkunst. Erinnerung glühte hoch an jenen Tag, da sie ihren Sohn für ebensolche Münze an diesen Menschen fortgegeben hatte, und sie sagte sogleich: »Ihr wisst, wo mein Hansl ist. Was auch sei, verratet's mir. Ich bitte Euch in Gottes Namen.«

Engelhardt nahm seine Finger von Minna und wischte sie an seiner Hose ab. Er meinte, Hans sei ein

fauler Galgenstrick gewesen, hätte sich nach der Lehre heimlich aus dem Staub gemacht und seinem Meister außerdem einen Taler gestohlen!

»Hansl ist ein ehrlicher Junge«, beteuerte Minna, »doch wenn's wahr ist, was Ihr erzählt, behaltet euren Taler.«

»Nicht nötig«, sprach Engelhardt, »du wirst mit anderer Münze die Untat deines Sohnes bezahlen.«

»Ei, ich will Euch ein Stück Haut von mir geben.«

»Ein Haar genügt.«

Schon hatte ihr der Meister ein Haar aus dem Kopf gezogen. Es roch nach Schwefel. Engelhardt zündete das Haar an und legte es auf Minnas abgelegte Kleider. Erst schwelten sie, bald brannten sie lichterloh. Zuschauer eilten herbei. Engelhardt rief ihnen zu, sie mögen ihren Tag, den sie mit Vergnügen begonnen haben, fröhlich beenden und übers Feuer springen! So viel Lustbarkeit sei sonst nirgends auf der Welt, und keiner wisse, wie lang diese in deutschen Landen noch währe.

»Gehabt Euch wohl!«, rief Engelhardt und eilte davon.

Kein Pfaffrodaer glaubte ihm. Nur Minna sah die Flammen als Zeichen. Keiner hatte behauptet, ihr Glück sei ein irdisches, und gewiss war Hans längst dort, wo es tatsächlich auf sie wartete. Minna raffte ihren Rock und sprang übers Feuer. Die Hitze sengte ihre Haut. Minna schrie, brüllte, sprang noch einmal, und als sie das dritte Mal durchs Feuer ging, dachte sie: Der Schmerz wird wohl mein Glück auf Erden sein.

Von Minnas Kleidern war nur noch Asche übrig. Ein Jahrmarktsbesucher nach dem anderen zog seiner Wege.

Männer löschten ihr Unbehagen mit Bier. Frauen und Mädchen ließen sich vom Planetenmann schnell noch eine helle Zukunft versichern. Beim Bergmönch trank man einen letzten Schnaps. Selbst der Besitzer der Menschenfresserin wagte nicht, seine Attraktion weiterhin auszustellen. Die Verwachsenen in den Schaubuden freuten sich über einen frühen Feierabend. Im Guckkasten wurde es finster.

Da fing Minna an zu laufen, barfuß, in verrußtem Leibchen, über Pflastersteine, und die wilden Tiere in den Käfigen sprangen gegen die Gitterstäbe, denn Minna wollte gestorben sein und war es nicht. Sie lief zwischen dichtgemachten Buden und geschlossenen Ausschänken über den Jahrmarkt, rief nach ihrem Sohn Hans, immer wieder Hans! Hans! und

da saß unter einem Lindenbaum ein Weiblein auf einer Hitsche. Es war so alt wie der Miriquidi und so verloren wie Minna. Auf der Schulter des Weibleins hockte eine Krähe. Minna trat näher. Als der Vogel sein Gefieder plusterte, sprach das Weiblein: »Keine Angst, gute Frau, geselle dich ruhig zu uns. Ich sehe dir an, du hast lange nichts im Magen gehabt.«

»Das ist wahr«, gab Minna zu, »doch der Hunger hat bei mir nicht viel zu melden.«

»Nicht wahrrr!«, schnarrte die Krähe.

Das Weiblein hielt ihr den Schnabel zu und sagte: »Meine Schwarze ist klüger als jede Zeitung. Nur manchmal ist sie vorlaut und gibt Dinge kund, die kein gütiger Mensch hören will.«

»Wer seid Ihr? Was macht Ihr hier?«, wollte Minna wissen.

Das Weiblein antwortete: »Ich bin werweißwer, komme werweißwoher, habe werweißwas im Leben getan, bleibe werweißwielang hier sitzen und gehe werweißwann werweißwohin. Ich habe alle Zeit der Welt, und werweißwarum kann ich vorhersehen, was werweißwo geschieht.«

Minna dachte: Besser ist, ich mache mich schnell fort. Wer weiß, was die beiden von mir wollen. Das Weiblein beruhigte sie: »Wir freuen uns über jeden Besuch.«

»Über mich freut sich keiner, so garstig wie ich bin«, bedauerte Minna.

Das Weiblein entgegnete: »Du bist werweißwarum halbnackt, verkokelt, hungrig, aber du bist nicht allein.«

»Wohl, das bin ich!«

Da ließ das Weiblein den Schnabel der Krähe los. Diese riss ihn so weit auf, dass Minna beinahe ins Innere des Vogels sehen konnte.

»Nun«, sprach das Weiblein, »füttere ihr nur etwas von deiner Neugier, und sie wird dir eine treue Freundin sein.«

»Ich brauche keine Freundin. Ich will wissen, was aus meinem Sohn geworden ist. Er ist mein Liebstes! Seit Jahren habe ihn nicht gesehen, nichts von ihm gehört. Nur sein Meister, dieser Engelhardt, hat mich mit seinen Lügen über Hansl verbrennen wollen.«

Die Alte nahm die Krähe von ihrem Buckel, setzte sie auf Minnas Schulter und versprach: »Gut, so soll meine

Schwarze dir etwas über deinen Sohn erzählen. Aber Obacht! Sie erfindet nicht, sie findet!«

Bevor Minna sich an den Gast gewöhnen wollte, fing dieser auch schon an:

»Es war einmal ein Henkersmann, der hatte einen Knecht. Der diente ihm fleißig, doch weil's viel schmutzige Arbeit gab, klagte er insgeheim über sein Los. Als drei Jahre herum waren, gab ihm der Meister zum Lohn einen Extrataler. Der steht mir wahrlich zu!, dachte der Knecht, ich will mich mit ihm des Lebens freuen. So begab er sich durchs Galgentor über den Schindanger Richtung Kirmes. Als er so wohlgemut lief, kam ihm ein Schneider entgegen. Der trug auf seinem zarten Haupt eine Filzkappe, am Kinn einen Ziegenbart, über dem Bauch ein verschlissenes Wams. ›Wo hinaus, Bruder?‹, fragte der Schneider. ›Bruder!, wie wahr!‹, lästerte der Henkersknecht, ›ich bin auch ein Schneider, nämlich ein Halsabschneider!‹ – ›Au weih, dann wirst du eine arme Seele haben.‹ – ›Wie sollte ich? Der Lohn von drei Jahren klingelt in meiner Tasche.‹ – ›Wie viel ist denn deines Schatzes?‹ – ›Ein barer Taler!‹ – ›Hör‹, sagte der Schneider, ›ich bin ein bedürftiger Mann, schenke mir deinen Taler. Unter dir werden noch viele Köpfe rollen, so dass du stets an deiner Arbeit verdienen kannst.‹ – ›Geh mir aus dem Weg‹, sagte der Henkersknecht. Da den Schneider aber der Hunger zwickte, raffte er sein Wams, zeigte den Gürtel, den er darunter trug und bot ihn zum Kauf an. Auf dem Gürtel stand mit großen Buchstaben aufgestickt *SIEBEN AUF EINEN STREICH*. Oh!, dachte der Henkersknecht, der Kerl

ist ein Totschläger vor dem Herrn, das kommt mir freilich recht! – Es war ihm ein Leichtes, den Schneider am Kragen zu packen und ihn wie Schlachtvieh zum Richter zu schleifen. Der Richter las die Worte auf dem Gürtel, und als der Schneider unter Tränen beteuerte, die sieben Erschlagenen seien nur Fliegen gewesen, die von seinem Mus genascht hätten, gab der Richter sein Urteil kund: Tod durch das Fallbeil. Tags drauf packte der Scharfrichter den Schneider am Schlafittchen und sprach zum Knecht: ›Nimm ihn! Der soll deine Meisterprüfung sein.‹«

»Schweig, Teufelsbraten!«, unterbrach Minna die Krähe: »Ich weiß wohl, dass mein Hansl nicht der Henkersknecht ist, von dem deine Mär geht, und doch scheint mir, als sei er derselbe. Was willst du mir einreden?«

Die Krähe schlug mit den Flügeln, das Weiblein sprach: »Werweißwaswahrist und werweißwaswar. Meine Schwarze ist kein Freund des peinlichen Gerichtes. Sie glaubt daran, dass es Menschen gibt, die sich in letzter Not vom Strick, den sie sich selbst geknüpft haben, befreien.«

Da hob die Krähe an, das Ende der Geschichte zu verkünden:

»Als der Henkersknecht den Schneider die Leiter zum Schafott hochführte, um ihn als Mörder zu enthaupten, hörte er von unten den Schulchor singen: *Nun bitten wir den Heiligen Geist!* Es waren helle Kinderstimmen, voll Glauben und weitem Wissen von Nichts. Doch plötzlich, wie aus heiterem Himmel, stand da ein Mädchen vor dem Gerüst. Es trug eine Fiedel unter dem Arm,

hob die Fiedel auf, und wie es den ersten Strich tat, fing alles an zu wabern und zu wanken, die Schreiber, die Gerichtsdiener, und dem, der den Schneider festbinden wollte, fiel der Strick aus der Hand. Beim zweiten Strich hoben alle die Beine, und der Henker ließ seinen Knecht los und machte sich zum Tanze fertig. Beim dritten sprang alles in die Höhe und fing an zu tanzen Der Henkersknecht sprang am besten. Bald tanzte alles mit, was aus Neugierde gekommen war, sämtliche Leute, auch alle Hunde, und die Ratten kamen aus der Gosse, stellten sich auf die Hinterfüße und tanzten. Und je länger das Mädchen fiedelte, desto höher sprangen die Tänzer, dass sie sich einander an die Köpfe stießen und anfingen jämmerlich zu schreien. Endlich rief der Scharfrichter ganz außer Atmen: ›Ich schenke dem Mörder das Leben, höre nur auf zu geigen!‹ – Das Mädchen ließ sich bewegen und setzte die Geige ab. Da knirschte das Gerüst, Nägel und Nuten lösten sich aus den Balken, das Holz begann zu splittern, und Späne regneten auf die schaulustige Menge. Manch einer hob einen Span auf und steckte ihn als Glücksbringer in seine Jacke. Als der Schneider glücklich wieder auf festem Boden stand, mitten auf dem Richtplatz, brach die schaurige Anlage zusammen. Unter sich begrub sie den Blutrichter, den Henkermeister, leider auch ein paar der singenden Kinder. Der Schneider und der Knecht aber verließen unversehrt die Stätte, und wer's nicht glauben will, der gehe ihnen hinterher.«

»Ist es wahr, was dieser Galgenvogel erzählt?«, fragte Minna.

»Werweißwerweiß«, murmelte die Alte.

Die Krähe hüpfte von Minnas Schulter und putzte sich. Ihre Herrin steckte ihr ein Brotränftel zu. Auch Minna bekam ein Stück ab. Dieses blieb ihr beinahe im Halse stecken, so aufgeregt war sie nach der Erzählung, die ihr die Krähe ins Ohr gesetzt hatte.

Wer's nicht glauben will, der gehe ihnen hinterher …

Enne aständsche Fraa läfft kenn Mannsbild hinnerha!, hatte Oms Leitsatz gelautet. Also bleib, wo dein Platz ist, sagte sich Minna. Sieben Tage und sieben Nächte leistete sie dem Weiblein Gesellschaft. Als vom Dorf Glockentöne heraufdrangen, schickte sich das Weiblein an, vor Gottes Richtstuhl zu treten. Zuvor bat sie die Schwarze, sie möge sich ihrer neuen Freundin als gnädig erweisen, sie nicht zwicken, nicht betteln, nicht allzu schlimme Nachricht bringen und zur Schlafenszeit gefälligst den Schnabel halten. Die Krähe zog ihre schönste Schwanzfeder heraus, nahm auf den Knien der Alten Platz und legte ihr die Feder in den Schoß. Wohin die Seele des Weibleins flog – werweißwerweiß.

Die Jahre eilten dahin, ohne dass Minna sie zählte. Zurück im Zwergenhäusel, hatte sie mit der Krähe ein Bündnis geschlossen. Während diese ihrer Natur gemäß Nachrichten einholte und verbreitete, war Minnas Tag ausgefüllt mit Putz- und Reparaturarbeit. Das Häusel knarzte an allen Ecken. Der Schornstein bröckelte, der Ofen blakte, und in der Schlafkammer der Bergknaben wuchs der Mäusedreck schneller nach, als Minna ihn wegfegen konnte.

Da sie nun fleißig feuerte, fegte und Stützkeile in morsche Wände trieb, dachte sie oft an die Erzählung ihrer gefiederten Gefährtin. Sie traute sich nicht, die Krähe zu fragen, ob sie mittlerweile verraten würde, wer denn der Henkersknecht wirklich gewesen und wohin er gegangen sei, denn auch das tat eine anständige Frau nicht: De Noos ieberall neistecken. Minna quälte sich mit ihrer Neugier. Zugleich hielt sie diese unter Verschluss, denn die Antwort auf die Frage *wohin?* könnte allzu schnell in der Gewissheit aufgehen, dass das Ziel dieser Person kein höheres gewesen sei als das Wirtshaus oder irgendeine Hundehochzeit. Minna wollte warten, bis die Krähe von selbst die Wahrheit preisgab.

Sie streute allerlei Klatsch und gab Weltgeschehnisse kund, doch nie brachte sie Nachricht von Hans und keinen Beweis, dass er der Henkersknecht gewesen sei, den sie selbst in die Welt hineingeboren hatte. Vor mehr als vierzig Jahren oder vor hundert oder werweißwann. Jeden Tag überlegte Minna, wie Hans wohl jetzt aussehen würde, mit wem er Ähnlichkeit hätte. In der Spiegelscherbe erblickte Minna ihr Antlitz, die müden Augen, den Altweiberdutt. Ihre Haare waren nicht mehr schwefelgelb, schon gar nicht golden, sondern gneisgrau. Alte Matschpflaum!, sagte die Scherbe.

Da flatterte die Schwarze heran und keckerte: »Erste Eisenbahnstrecke zwischen Flöha und Annaberg eröffnet! Einsteigen bitte, meine Dame!«

»Du Klatschgake!«, rief Minna, »ich bin keine Dame und habe noch nicht mal in einer Pferdekutsche gesessen. Warum sollte ich Eisenbahn fahren?«

»Zum Vergnügen.«

»Zum Vergnügen? Niemals!«

»Dann fährt sie ohne dich«, sagte die Krähe.

Als die Schwarze erneut zu einem Entdeckungsflug startete, rüstete sich Minna für den Wald.

Es war frühmorgens, dunkel und frostig. Der erste Tag, an dem sich Minna festes Schuhwerk gestattete. Nebel strich durchs Unterholz. Rehschrecken, Igelknurren, Wildschweingrunzen, Mäuserascheln. Eulen trugen ihre Dämmerungsbeute davon. Minna hatte ein Körbchen und ein Messer bei sich. Hier und da flirrten grünliche Schnüre um Baumstümpfe und Büsche. Plötzlich auf Nadelstreu: die Truppe. Morgensonne setzte sie ins Licht: Hunderte Schwamme mit seidig überfaserten Stielen. Die von violettem Filz bedeckten Hüte von dicken Lamellen gespannt. Trüffelwürze machte sich breit.

Minna zögerte, die farbenprächtigen Wesen mit dem Messer vom Boden zu lösen, um sie in schnöder Küchenmanier zu verarbeiten. So fest und gesund waren sie, so unangreifbar für Schnecken, Käfer und Gewürm, dass Minna sicher war: Gott schafft Vollkommenes, kein Mensch braucht Erfindungen.

Sie kippte den Inhalt des Körbchens auf ihren Küchentisch und briet die Pilze in Butter. Zwar wurden diese dabei bräunlich, doch ihr Fleisch behielt Biss. Sie schmeckten süßlich, am Ende knoblauchartig, wie das Pulver, das einst die Bergknaben in ihre Sauermilch gestreut hatten, um bei der Arbeit unter Tage nicht einzuschlafen. Zu ungewöhnlicher Stunde kehrte die

Schwarze heim. Ihre Augen liefen aus, das Federkleid war zerrupft, der Schnabel gebrochen.

»Herrje!«, stieß Minna hervor, »wer hat dich so übel zugerichtet?«

Der Vogel konnte nicht antworten. Als Minna seine Verletzungen mit Beinwell betupft hatte, stieß er pfeifende Laute aus. Schließlich wurde die Krähe müde. Wochenlang schlief sie in einem Nest aus Lumpen, atmete schwer, sah nichts, fraß nichts, vor allem brachte sie kein Wort hervor.

Von neuesten Nachrichten verschont, doch betrübt über die plötzliche Stille im Zwergenhäusel, wollte Minna endlich Gewissheit über den Verbleib des Sohnes. Sie schnürte ihr Ränzlein. Als sie es aufhuckte, paffte in der Küche das Ofenrohr. Dem Paffen folgte Dampf aus der Feuerklappe. *Einsteigen bitte!*

»Ich gehe zu Fuß!«, sagte Minna unbeirrt.

Wie sie den ersten Schritt vor die Tür setzen wollte, war die Krähe aus ihrem Leidenslager aufgeflogen. Sie krallte sich in Minnas Haar und zog sie zurück, gemäß dem Plan, der für Vater Mutter Om allzeit verlässlich gewesen war: Mir sei arm, aber kenne Zicheiner! Unnereens bleeb dahamm un arbett!

Minna, gerührt, dass die geflügelte Freundin sie zu vermissen schien, blieb zu Hause. Erst spät nachts verriegelte sie die Feuerklappe und legte sich schlafen. Am Morgen war der Schnabel der Krähe geheilt. Zwar blieb sie weiterhin stumm und blind, doch ließ sie sich von Minna füttern.

Es begab sich, dass die Krähe eines Tages Minnas

Mittagsmahlzeit, die aus einem Pilzragout bestand, stibitzte. Kaum hatte sie sich den Magen vollgeschlagen, begann sie zu reden. Erst klappernd, später poltrig, schließlich babbelte sie, was der Schnabel hergab.

Vor Freude vergaß Minna, mit dem diebischen Tier ins Gericht zu gehen. Geduldig lauschte sie, welche Erklärung die Krähe über ihr erfahrenes Leid abzugeben hatte: An dem Tag, da sie auf dem Marktplatz Nachrichten verkündete, habe sie jemand gefangen genommen und mit einem Stecken auf sie eingedroschen. Sie habe den Kerl mit Flüchen heimgesucht, woraufhin dieser ihr den Schnabel gebrochen sowie mit Nadeln in die Augen gestochen habe. Als der Schinder sie schon zum Teil gerupft habe, sei sie ihm entwischt.

Minna strich der Freundin übers Gefieder. Vor Mitleid musste sie weinen. Zwei von Minnas Tränen rollten von der Stirn der Krähe in ihre ausgelaufenen Augen. Da füllten sich diese wieder mit Licht und Leben. *Einsteigen bitte!*

Abermals zogen Jahre ins Land. Eins, zwei, drei, vier, fünf, sechs, sieben. Je steifer Minnas Gelenke wurden, desto nachgiebiger zeigte sich das Zwergenhäusel. Das moosbeschwerte Dach drückte auf die Wände. In der Dachrinne hatte sich der Waldkauz ein Nest gebaut. Über ein Jahrhundert hatte das aus Bruchsteinen errichtete Fundament Feuchtigkeit gezogen, die durch den Lehmboden in Küche und Kammer drang. Allmählich bekamen die Holzbalken Risse, färbten sich erst bläulich, später braun. In der Dunkelheit sah Minna die

Wände von Fäden durchzogen. Klopfte sie ans Holz, wie sie es manchmal tat, um ein Unglück nicht herauszufordern, klang es hohl. Einmal hatte die Schwarze in eine Wandstrebe gepickt, die daraufhin in lauter würfelige Stücke zerfiel.

Kalt war es. Der eiserne Ofen, mehrfach geflickt, ließ sich nicht mehr in Gang setzen. Ruß und Fett hatten den Abzug endgültig verstopft. Durch die Scheiben pfiff der Wind. Minna dichtete die Fenster mit Stroh ab. Die Haustür wurde nur geöffnet, wenn die Krähe ein- und ausflog oder ein Gang ins Dorf notwendig war.

Am Vorabend des ersten Advents, da Minna die Männel wecken wollte, entdeckte sie zwischen Wand und Truhe ein rostbraunes, gummiartiges Gebilde. Es war sowohl mit dem Putz, dem Boden, der Türschwelle, als auch mit der Truhe verwachsen. An seinen Rändern hatten sich Tropfen gebildet. Waren es nicht die Tränen des verlorenen Sohnes, der sich als Untermieter zeigte? Minna gab sich dem Glauben hin und betete.

Der Schwamm wuchs unterm Tisch, hinterm Ofen, in der Truhe, der Schlafkammer, an Balken, im Brottopf, zwischen den Buchdeckeln der Bibel. Er produzierte Tränen um Tränen. Sein Duft wurde Gestank. Eines Morgens fand Minna ihr Haar mit einem watteartigen Netz bedeckt. Selbst die Krähe bemerkte Schlieren auf ihrem Gefieder. Sie schüttelte sich vor Abscheu, doch konnte sich nicht entschließen, Minna im Elend, das sie so entsetzlich verkannte, allein zu lassen. Das Dach senkte sich. Ein Balken stürzte in die Schlafkammer, zerfiel zu Schwarzpulver oder Weißpulver, Minna sah beides.

Schließlich hatte sich der Schwamm als Eigentümer des Hauses durchgesetzt. Seine Tränen rannen an den Fensterscheiben herunter, tropften von Decke und Ofenrohr, nässten den Boden. Nur die Küche war noch bewohnbar.

An Minnas siebzigstem Geburtstag draaschte es. Waldbäche traten über die Ufer, schwemmten Wege und Unterholz. Aus den Felsen des Miriquidi strömte Wasser. Da ließ Minna die Krähe fliegen, in der Hoffnung, sie flöge immer hin und her, bis die Wasser vertrocknet sein würden, hierorts wie überall auf Erden.

Abends ließ der Regen nach. Am Morgen kehrte die Schwarze zurück. Da sie geraume Zeit ihrem Beruf nicht nachgegangen war, steckte ihr Schnabel voll Neuigkeiten. Diese wollte sie ihrer Freundin nicht vorenthalten, setzte sich auf ihre Schulter und gab ungefragt kund: »Sensation! Sensation! In sächsischer Bergbauregion sind sieben Arsenesser gestorben! Sensation! Sensation! Ein amerikanischer Astronom hat am Himmelszelt einen Weißen Zwerg entdeckt!«

»Ei was!«, warf Minna ein, »hat's mein Hansl so weit nach oben geschafft? Ich will heut Nacht in den Himmel schauen, ob ich ihn sehen kann.«

Die Krähe neigte ihren Kopf und tat, als würde sie nachsinnen. Nach einer Weile sprach sie: »Ich habe deinen Sohn auf seinem Weg getroffen. Zwar ist er kein Stern, aber er sagt, er wird dir gehörig heimleuchten.«

»Das ist ein feines Geschenk!«, rief Minna. »Erzähl, was er mir noch ausgerichtet hat. Wie geht es ihm? Wann kommt er zurück?«

»Geduld, Freundin, du sollst alles über deinen Hans erfahren. Bist du bereit?«

»Allweil bereit, wenn er mir nur bald heimleuchtet.«

Die Krähe hob an:

»Du hast dich nicht getäuscht, Minna. Der Henkersknecht, von dem einst meine Rede ging, ist tatsächlich dein Sohn. Allerdings behauptet er von sich, er stamme aus einer Zunft, in der man Köpfe und Bärte verschönt. Höre, was nach dem Zusammensturz des Richtplatzes geschah. Dein Sohn, der das schauerliche Begebnis geheim zu halten trachtete, erzählte allerorts herum wie er, der Barbier, ein armes Schneiderlein, das wegen ein paar erschlagener Fliegen verurteilt wurde, vorm Blutgericht bewahrt habe. Mit einem Backenstreich habe er den Scharfrichter, den Henkersmeister sowie dessen Knecht geradewegs in die Hölle befördert. Die Leute, die das hörten, bewunderten Hansens Tapferkeit. Er ist ein Held, sagten sie. Als Held ging Hans in die weite Welt hinein. Und siehe, er fand auf der Straße einen Klumpen Gold. Wohlgemut lief er in die Stadt, wechselte das Gold zu Geld, ließ sich vornehme Kleider schneidern, mietete sich ein Bürgerhaus und kaufte eine Kutsche. Er pflegte den Müßiggang, ohne Gedanken an das, was hinter ihm lag. Als sein Geld zur Neige ging, suchte Hans sein Glück im Spiel und wurde reicher als zuvor. Er kaufte eine Villa, beschloss zu heiraten und nahm die Tochter eines Dampflokfabrikanten zur Frau. Sie hieß Else, war klug, gewitzt und spielte fabelhaft auf der Geige. Diese Leidenschaft jedoch wollte Hans nicht gefallen, denn die Leute bewunderten seine Frau

mehr als ihn. Auch überragte sie ihn um eine Kopflänge. Es schien, als schaue Else auf ihn herab. Eines Tages nahm Hans die Geige aus dem Kasten und verkaufte sie für drei Heller an einen Straßenmusikanten. Überall im Haus suchte Else ihr Instrument. Sie fragte ihren Mann, ob er wisse, ob es jemand gestohlen habe. Hans lachte nur und sagte: ›Die Fiedel kann dir doch gestohlen bleiben!‹ Da weinte Else bitterlich, und Hans wie auch ihr Vater beschlossen, Else müsse sich ihrem Schicksal fügen. Hans gab ihr all seine Liebe. Ihr Vater stand seinem Eidam in nichts nach. So gebar Else sieben Kinder. Doch die Kinder, sobald sie laufen gelernt hatten, liefen ihren Eltern davon, eines nach dem anderen, über Straßen Brücken Felder, in den Wald, durch Dornen, und wilde Tiere sprangen an ihnen vorbei. Else rief ihren Kindern hinterher, dass sie sie lieb habe, so lieb wie niemanden sonst auf der Welt. ›Und *uns*?‹, fragten Hans und ihr Vater, ›wie lieb hast du *uns*?‹ – ›So lieb wie ihr euch selber habt‹, antwortete Else. Da befahl der Vater Hans in den Keller zu gehen, um Bier zu holen, damit man sich wegen der Schmach, die ihnen das vorlaute Weib zugefügt hatte, betrinken könne. Hans stieg die Kellertreppe hinab, nahm die Kreuzhacke, die über dem Bierfass hing, ging wieder hinauf und schlug der Else damit auf den Kopf.«

»Großmächtiger!«, unterbrach Minna, »du lügst, wie dir der Schnabel gewachsen ist! Das ist nicht mein Junge! Der hat das arme Schneiderlein vorm Galgen gerettet und kann nicht mal eine Fliege totschlagen. Das hast du selbst erzählt.«

»Ja, aber am Ende stieg Hans die Kellertreppe hinab, nahm die Kreuzhacke, die über dem Bierfass hing, ging wieder hinauf und schlug der Else damit auf den Kopf.«

Minna überlegte kurz und meinte nun: »Na, da war die Else wohl doch nicht so schlau. Warum hat sie die Geige nicht weggelegt? Hat nicht getan, was sie geheißen wurde?«

Der Vogel schüttelte sich. Rasch gab er das Ende kund: »Nun denn, dein Sohn ist ein Hans im Glück. Vor Gericht wurde er freigesprochen. Als ehrwürdiger Herr kam er leicht zu seinem Recht. Nun war er wieder ledig, beerbte Elses Vater, wurde Miteigner der Dampflokfabrik, erwarb ein Textilunternehmen, wurde Kommerzienrat, handelte mit Aktien, und an der Börse mehrte sich sein Geld. Auf den Festen der Spekulanten und Honoratioren war Hans ein gern gesehener Gast, der viel zu plaudern verstand. Nur wenn ihn jemand fragte, woher und von wem er eigentlich stamme und was er gelernt habe, schwieg er. Mancher zerriss sich das Maul über ihn und nannte ihn Giftzwerg.«

Minna beendete ihren Geburtstag, indem sie der Schwarzen mit einem Brotkanten den Schnabel stopfte und sich selbst eine halbe Flasche Grünbitter genehmigte.

Tags drauf fühlte sie sich jung und frisch. Das Vogelvieh war ausgeflogen, Minna bereit für einen Gang ins Dorf. Hurtigen Schrittes nahm sie die bekannten Pfade. An lichten Stellen wuchsen Spätsommerpilze, doch Minna hatte genug von deren Farben, Giften und Täuschungen. In ihr regte sich Neugier, die sie zu den Menschen zog. Auf den Marktplatz, in die Bäckerei, die Kirche, gar ein

Stück den Schlossberg hinauf. Vielleicht sagen mir die Leute die Wahrheit über Hansl, hoffte sie. Als ehemals dürftiger Sohn Pfaffrodas war er ein reicher und berühmter Mann geworden. Den musste man doch kennen!

Nun war es so, dass Minna von den Dorfbewohnern zwar erkannt, jedoch erbarmungslos empfangen wurde. Kinder äfften ihren Gang nach. Burschen lästerten über ihre fadenscheinigen Kleider. Frauen spuckten vor Minna aus. Auf dem Markt wies man sie zurück. Der Gendarm erkundigte sich streng nach ihrem Weg.

»Ich suche meinen Sohn«, sagte Minna.

Das Weite solltest du suchen, rieten ihr die Pfaffrodaer. Nur ein Junge, der Zeitungen feilhielt, bot Minna an, für sieben Pfennige den aktuellen *Erzgebirgsboten* zu erwerben: »Wos de wissen musst, steht do drinne.«

Sie legte die Zeitung auf den Küchentisch. Die neuesten Nachrichten. Minna dachte an Om, die mit Buchstaben nie viel anzufangen wusste und hinter jedem Stück Gedrucktem Lug und Verderbnis witterte. Mutter Rosina kannte immerhin das Alphabet, auch wenn sie es für ihr Leben nicht benutzte. Minna war die Erste gewesen, die Lesen gelernt hatte. Mit dieser Fähigkeit war sie nicht weitergekommen als bis zur Bibel, die sie als einziges Buch bei sich bewahrte. Jetzt hatte diese der Hausschwamm verzehrt.

Wort für Wort ging Minnas Finger jene Zeile ab, welche die erste Sensation verkündete: *Pirna. Feier zum 50jährigen Bestehen der Heil- und Pflegeanstalt Sonnenstein unter Anwesenheit von König Johann von Sachsen.* König Johann?, überlegte Minna, das klingt nach Hansl, ist er

doch auf den Namen Johannes getauft. – Sie blätterte weiter. Auf der zweiten Zeitungsseite sah Minna die Abbildung eines Waldes. Bäume, brennendes Gebüsch, dazwischen Pferde und Männer mit Spießen in den Händen. Einige hingen wie Tannenzapfen von Bäumen herab, andere lagen am Boden. Minna buchstabierte die Bildunterschrift: *Bürgerkrieg in Amerika.* Amerika, wusste Minna, war weit weg. So weit wie der Weiße Zwerg am Himmel. Doch wo ist König Johann? Wo ist Hans? Minna mochte die Verzierungen der Initiale, deren geschwungene Linien und Schmuckmotive ihr gefielen. Seite drei. Eine Ansicht vom Pfaffrodaer Jahrmarkt, eine Eilzuglokomotive; die Fotografie eines honorigen Mannes mit Zwirbelbart und Zylinder. War das Hans oder war das Nathanael, der Überläufer, der erfinderische Jude, der ihr auf diese Weise mitteilen wollte: Zwar bin ich nicht dein Sohn, doch ein besonderes Menschenexemplar, das du einst aus großer Not gerettet hast! Wie dein Sohn das arme Schneiderlein. Hab Dank, Wilhelmina! – Allerdings stand unter der Fotografie nicht der Name Nathanael, sondern *König Wilhelm.* Wilhelm, Wilhelmina, werweiß, murmelte Minna. Auf der Rückseite der Zeitung fand sie schließlich ein Bild, auf dem ein Mann dargestellt war, welcher in einer Bürgerküche den Herrn des Hauses einer Feiertagsrasur unterzieht. Unterschrift: *Der Barbier.* Minna bedeckte ihr Gesicht mit der Zeitung. Atmete ein. Und aus.

Sie hatte die Schwarze nicht bemerkt, wie sie durch den Fensterspalt geschlüpft war. Im Flug schnappte sie sich den *Erzgebirgsboten*, schleuderte ihn auf den Boden,

kreischte, zerriss ihn mit den Krallen und verteilte die Fetzen in der Küche. Ein jäher Schnabelhieb in den Arm verursachte Minna solchen Schmerz, dass sie die Freundin unwillkürlich am Hals packte. Zwischen den warmweichen Federn pochte es leise. Minna drückte zu, spürte Gabelbein, Schnabelbein. Unter ihren Fingern knackte es wie Schwefelhölzchen, und die Fittiche des Vogels erschlafften.

Minna stapfte durch den Dunkelwald und trat nieder, was im Weg lag: Tannenzapfen, Reisig, Moos, Schwamme, Federn, Knochen. Nach einer Weile gelangte sie auf den Dorfweg. Sie ging ihn, wie sie ihn stets gegangen war. Nur diesmal ohne jede Absicht. Alles um Minna herum schien gleichgültig, unzugänglich, greisenhaft, als würde selbst die Zeit im Eilschritt altern.

Die Dämmerung war hereingebrochen. Da blickte Minna von einer Lichtung aus zum Schloss hoch, fragend, ob sich unter den Schindeldächern und -türmen etwas regte, oder hinter den Fenstern, die wie offene Münder sie lockten: *Komm her, komm her, du junge Braut!* Oder über dem Portal die steinernen Löwen: *Kehr um, kehr um, du alte Frau!* Im Schloss rührte sich nichts. Stumm rollte der Silberteller des Mondes übers Dach. Er goss sein Licht in den Teich, das sogleich von aufziehenden Wolken ertränkt wurde.

Lange irrte Minna durchs Dunkel, bevor sie zum Zwergenhäusel zurückfand. Dort sammelte sie die Zeitungsfetzen ein, trank den restlichen Grünbitter. Wach und müde war Minna, angstvoll und furchtlos

zugleich. Sie versicherte sich: Gut, dass ich die Schwarze zum Schweigen gebracht hab. Niemals hat der Hansl jemanden totgeschlagen!

Der Hausschwamm hatte sich als samtiges Laken über Minnas Liegestatt gezogen. Ruck mer ner zamm. Diese Hölle stank zum Himmel. Da erinnerte sich Minna, was sie als Meisterin der Haushaltsführung gelernt hatte. Sie versprühte Essig und Petroleum, schaffte Durchzug, kratzte mulmig gewordenes Holz aus den Balken. Es half nichts. Sogar die Männel hatte der Schwamm im Griff. Dann ist's eben das, was mir zusteht, dachte Minna, und mein Glück ist's, dass ich noch lebe.

Am letzten Oktobertag des Jahres 1883 ging das Zwergenhäusel in die Knie. Seufzend rutschten Balken und Wände zusammen. Es staubte, als Minna den Trümmern entstieg.

Da fing sie an zu laufen und lief von ihrer Wohnstatt weg, Leichsenring-Minna, fast achtzig Jahre alt, und sie lief behände den Waldweg zum Dorf hinunter, sah nicht links, nicht rechts den Wald, in dem sie einst von ihrer Mutter ausgesetzt wurde. Viel war derweil geschehen und gesehen. Minna ging ums Dorf herum, geriet auf die Landstraße, die von Pfaffroda nach Mulda führte, sich verzweigte, dahin, dorthin, ostwärts Richtung Freital Dresden Pirna …

Es war einmal ein Mädchen, das wurde in einer Glückshaut geboren. Was so eins unternahm, das schlug ihm zum Glück aus.

Es war der Weißbäcker in Dörnthal, welcher der Wan-

dersfrau die erste milde Gabe überreichte: ein Brotel mit einem Klecks Marmelade in der Mitte. Während Minna es dankbar nahm, begannen die Kirchglocken zu läuten. Da Minna nur noch wenige Zähne im Mund hatte, zerzupfte sie das Gebäck mit den Lippen, bohrte mit der Zunge in den weichen Teig, bis sie auf die süße rote Füllung stieß. Die Farbe des Heiligen Geistes verwies auf die des Herzens, das Glaube, Freude, Trost und Friede verkörperte.

Für ihr Alter war Minna flink zu Fuß. Zumal sie im nächsten Dorf ein Paar Schnürstiefel samt Strümpfen geschenkt bekam. Jemand trat ihr eine Wolljacke ab, ein anderer eine Mütze aus Kuhleder, ein Dritter ein paar Handschuhe. Ein Bauer ließ die Alte im Gänsestall schlafen. Morgens gab es für sie Milchsuppe. Minna zog weiter. Frei fühlte sie sich, durchwärmt von den Almosen ihrer Mitwelt. Wie verwandelt waren die Leute, wie weggeblasen deren treue Grundsätze Geiz Hetze Argwohn. Einmal nahm Minna ein Fuhrwerk mit. Der Kutscher fragte sie: »Wohin des Wegs?«

Minna antwortete: »Durch den Wind, durch den Wind, zum irdischen Kind!«

Energischen Schrittes querte sie Dörfer und Gemeinden. Zwar ging ihr die Kunde voraus: Do kimmt enne Verwerrte! Doch niemand versuchte, sie von ihrem Ziel abzubringen. In jeder Kirche gab ihr der Pfarrer seinen Segen, ein Scherflein und einen Spruch dazu. *Die aber auf den HERRN harren, kriegen neue Kraft, dass sie auffahren mit Flügeln wie Adler, dass sie laufen und nicht matt werden, dass sie wandeln und nicht müde werden.* Minna nächtigte

in Scheunen, Kammern, Logier- und Armenhäusern. Ein Jahr lang gewährte man Unterkunft im Ledigenwohnheim Kreischa, wo sie mit zwölf anderen Frauen ein Zimmer behauste, umgeben von den Höhenzügen des Miriquidi. Ein weiteres Jahr verbrachte Minna in einer verfallenen Köhlerhütte nahe der Weißeritz.

Nun waren etliche Jahre herum, die Schuhe durchgetreten, die Kleider fadenscheinig. Als Minna einmal nachts heimlich Quartier in einer Wäscherei bezogen hatte, wo sie es sich in der Restwärme des Waschzubers gemütlich machte, träumte ihr eine schmächtige, in rußigen Drillich gekleidete Gestalt. Wer sind Sie?, hörte Minna sich fragen. – Dreimal darfst du raten. – Bist du ein Koofmich? Ein König? Bist du ein Jud? – Ich bin Karl Otto August Priemkopp von Leichsenring, genannt Nathanael, Krähe und König von Chemnitz, Zwarch Hansl, Bergmann, Barbier von Pfaffroda, dein Vater, dein Henker, dein Hautschneider! – Marmelade schoss aus Minnas Mund, bespritzte sein Gesicht, und während er sich besudeln ließ, rief die Gestalt: Leck mich, Minel, mach mich sauber! Wenn du etwas kannst, dann ist es Saubermachen. – Ich kann gar nichts, und ich kenne Sie nicht. – Hilf mir! Ich blute! – Hau ab!

Der Traum brach zusammen, als Minna in der Frühe von Polizisten aus der Waschküche geholt wurde. Man wartete nicht, bis die Greisin auf den Beinen stand, sondern trug sie in ihrer dreckigen Wäsche hinaus. Als sie auf der Wache nach ihrem Namen gefragt wurde, lachte und strampelte Minna. Da lud man sie auf einen Leiterwagen und brachte sie weg.

Der Tag, an dem das alte Jahrhundert sich für ein neues aufputzte, war ein Sonntag. Es herrschte gelindes Wetter, wenngleich es hinter der für die Jahreszeit ungewöhnlich warmen Front sonderbar klirrte. Als schlügen Keilhauen Kreuzhacken Pickel gegen das Firmament. Auch für die Insassen der *Heilanstalt für weibliche Seelengestörte Sonnenstein* sollte der Tag seine Besonderheit nicht verleugnen.

Alle waren sie im Großen Saal versammelt: Hirnwütige und Mutlose, Ergrimmte und Bedrückte, Zitterlinge und Verstockte und die, wenn sie ihre Augen öffneten, alles nur schwarz sahen. Töchter, Bräute, Mütter, alte und junge Ledige standen erwartungsvoll mit ihren Makeln, die sie für diese Stunde vergessen sollten. Das auf einer einstigen Festung errichtete, zur Heilanstalt umgebaute Schloss bot ihnen den Ausblick aufs beschauliche Elbtal und die Berge der Sächsischen Schweiz. Der Saal war geschmückt mit Girlanden Luftschlangen Lampions. Die Seelenversehrten warteten auf das Kommando für den Schritt auf die andere Seite. Wem es gestattet war, hielt in der Hand ein Glas Rotkäppchen-Sekt, jenen Schaumwein, mit dem der Kaiser um Mitternacht das neue Zeitalter eröffnen würde.

Leichsenring-Minna sah von der Festungshöhe aus in ein Morgen, das sie unbedingt erleben wollte. Auch wenn sie nicht wusste, warum sie sich an diesem Ort befand. Erst vor wenigen Tagen hatte man sie aus dem Zucht- und Arbeitshaus Oschatz hierher verlegt.

Der Direktor, dem nicht nur die Heilung von Melancholie und Narrheit gut bemittelter Städterinnen am Herzen lag, hatte Minna in seine Anstalt beordert. Von

Oschatzer Kollegen war ihm berichtet worden, die obdachlos aufgefundene Greisin sei nach eigenen Angaben mit einer *Caput galeatum* geboren. Zwar würde sie ihre gegenwärtige Lage durch undefinierbare euphorische Zustände fehleinschätzen, verfüge jedoch über obskure Wahrnehmungsfähigkeiten und fröne obendrein einem Gelüst, welches auf das Lumineszieren von Pilzen fokussiert sei. Dieses Syndrom habe in der psychiatrischen Fachwelt bislang keine Bestimmung erfahren.

Dies war der Grund, warum Minna das Recht zugesprochen wurde, in der berühmten Heilanstalt ihre Seele zu offenbaren und sie am Ende genesen zu lassen. Dabei fühlte sich Minna in keiner Weise aus der Ordnung gestoßen, weil sie doch nur von ihrem angestammten Flecken weggelaufen war, aus lauter Not und Sehnsucht, durch den Wind, um den Sohn zu finden. Sie gab zu, schwach und ein wenig kopflos geworden zu sein, einer Heilung bedürfte sie freilich nicht. Würden mich Om und Mutter hier sehen, dachte Minna, verwamsten sie mich, tauchten mich in die Regentonne oder zündeten meine Haare an, und sagen würden sie: Du bringst Schand über uns!

Es waren ihrer sieben, die vom Direktor der Heilanstalt den Auftrag erhalten hatten, Minna Leichsenring aus Pfaffroda praktischer Behandlung zu unterziehen.

Die erste war eine Badewärterin. Im Badehaus bereitete sie für Minna eine der großen emaillierten Kupferwannen vor, indem sie warmes Wasser hineinließ.

Die zweite war eine Pflegehelferin. Sie schälte die Alte aus ihrer Wolle, bis sie nackt stand, mit einer Haut

so gläsern wie Glück, mit aschgrauen Haaren und Füßen schwarz wie Pech.

Die dritte war eine Krankenschwester. Sie stellte Minna auf die Waage, notierte ihr Gewicht, maß Körpergröße, Brust- und Kopfumfang sowie Puls Blutdruck Temperatur. Sie fragte Minna, ob sie je ein Kind zur Welt gebracht habe. Minna antwortete: »Ja, das Hansl.« Ob ihr Sohn ebenfalls ein Kind zur Welt gebracht habe? »Ja, sieben, hat mir die Krähe verraten.« – »Welche Krähe?« – »Na die, der ich den Hals umgedreht habe!«

Die vierte Praktikerin war eine Badetherapeutin. Sie hob Minna in die Wanne und ließ sie darin drei Stunden lang wässern. Dabei registrierte sie deren Regungen: Anfänglich Stupor, gefolgt von Panik, Wimmern, Augenrollen, später Entspannung in sanftem Schwebezustand. Am Schluss wusch die Therapeutin ihr den letzten Schmutz mit Fettseife vom Leib.

Die fünfte war eine Pflegekosmetikerin, die Minna, nachdem ihr Bad beendet war, im Ruheraum auf eine Pritsche bettete und mit weichen weißen Tüchern zudeckte. Minna fühlte sich, als sei sie im Himmel. Ihre Haut zeigte sich sauber und bereit, ihre Eigenschaft durch vielerlei Balsame und Salben stärken zu lassen. Minnas Hände und Füße wurden mit Bimsstein geschmirgelt und mit Leinöl geglättet.

Die sechste war eine Schlafwächterin. Nach der Salbung hatte sie Minna ein Bett im Bettensaal zugewiesen, dessen Holztäfelung Harz ausdünstete und die Patientin in Absenz gleiten ließ. Schlaf, lautete die

Devise des Direktors, führt zu Gehirnruhe, Gleichgewicht und Vernunft.

Der siebte Heilkundige trug einen hochgeschlossenen Kittel, Zwirbelbart und Mittelscheitel. Nachdem Minna erwacht und von der Pflegehelferin neu eingekleidet war, bat der Heilkundige die Greisin, auf dem vor der Frisierkommode befindlichen Stuhl Platz zu nehmen. Noch benommen von der Kur, folgte Minna seinem Wunsch. Der Mann griff ihr ins Haar. Er befühlte es, kämmte Fitz heraus und rieb die Kopfhaut mit Brechweinsteinsalbe ein. Hernach beugte er Minnas Kopf über das Brausebecken, spülte die Salbe ab, trocknete das Haar, kämmte es abermals und teilte es in drei Stränge. Aus den Strängen flocht er einen Zopf, drehte diesen zu einem Kranz, befestigte ihn mit Klemmen, strich eine Fingerspitze Brillantine darauf. Als die Krone fertig war, rief er: »Wie neugeboren, Frau Leichsenring! Jetzt muss ich Ihnen nur noch den Nacken rasieren.«

Da erblickte sich Minna im Spiegel, erschrak und ward irre, ob sie auch wirklich Frau Leichsenring sei und nicht einfach nur Minna oder das Minel, und sie sah ihr Antlitz und fragte: »Bin ich's, oder bin ich's nicht?«

Sie wusste aber nicht, was sie darauf antworten sollte, und saß eine Zeitlang zweifelhaft auf dem Stuhl. Endlich dachte sie: Ich will nach Hause gehen und meinen Sohn fragen, ob ich's bin oder nicht, er wird's ja wissen. Vom Mann, der sich an ihrem Kragen zu schaffen machte, wollte sie wissen: »Kennen Sie mich?«

»Ja«, antwortete dieser, »Sie sitzen geradezu vor mir.«

Da erschrak Minna abermals und sprach: »Ach Gott, da bin ich's nicht!«

Behutsam entfernte der Mann mit dem Rasiermesser Minnas Nackenhärchen. Im Festsaal erwartete man sie.

Das Abbrennen der Wunderkerzen geschah am offenen Fenster. Wärter Pfleger Seelsorger waren angehalten, das Regiment zu übernehmen, darauf bedacht, dass keine Klientin sich eigenmächtig der Lustbarkeit hingibt. Entzückte Rufe durchdrangen den Saal, auch Tschilpen, Gellen und Krähen. Das Jahrhundert kippte in jener Sekunde, da Wunderkerzen ihre Funken versprühten. Heftig perlte der Schaumwein. Unten im Tal glühten die Eisenbahnschienen. Hell klirrte der Horizont. Hinter den Bergen begann es zu flackern. Rote grüne blaue Kugeln zischten in die Nacht. Sternengeschwader. Es heulte, qualmte, knallte, es regnete Silber und Gold. Den Blitzen des kaiserlichen Feuerwerkes folgte der Donner der Geschütze, die vom Klang der Kirchenglocken beschickt wurden. Musikkapellen spielten im Himmelreich auf, in Berlin, in Pirna, nebenan im Miriquidi, dirigiert von Waldteufeln. Auch aus dem Turnsaal der Anstalt drang Musik. Die Frauen und Mädchen hoben ihre Gläser, girrten, schwärmten von Fürstlichkeiten und vom Kaiserpaar. Unter den schwingenden Tönen einer Mundharmonika ließen sie ihre Marotten spielen, Prosit Neujahr!

Minna war die Einzige, die es am offenen Fenster länger aushielt. Ohnehin stand sie abseits dieser Gesellschaft, zumal sie nie gewusst hatte, was sie mit Menschen

anderer Art zu schaffen haben sollte. Sie drehte sich zum Fensterglas und sah sich zum zweiten Mal an diesem Tag im Spiegel. *Frau Leichsenring, Ihr seid die Schönste im Land.*

Da war Minna sehr unzufrieden, denn sie wusste, dass der Spiegel nicht die Wahrheit sagte. War doch der Zopfkranz wie ein Eisenring um ihre Stirn gespannt, das Kleid ein Almosen und die höfliche Anrede ihr gänzlich ungeläufig. Wie Minna so verdrießlich stand, trat eine hochgestimmte Dame auf sie zu, beäugte sie und wollte wissen: »Wer seid Ihr, die Ihr Euch ziert, mit unsereins vergnügt zu sein?«

»Dreimal dürft Ihr raten.«

»Seid Ihr eine Apothekerwitwe? Eine Eisenbahnbaronin? Oder seid Ihr gar eine Königin?«

»Minna bin ich, das genügt.«

»Eine Minna also. Welchem Herrn hast du denn gedient?«

»Keinem, nur dem Höchsten, gnädige Frau.«

»Imposant!«, rief die Dame und fügte hinzu: »Wenn die Minna so tüchtig gewesen war, taufe ich sie zur Belohnung auf den Namen Wilhelmina!«

Sie schwang ihr Glas und schüttete den Schaumwein in Minnas Gesicht. Die Seelenversehrten ringsum lachten. Als Wärter hinzugeeilt kamen, um die Dame zur Raison zu bringen, schäumte der Saal. Minna wischte sich mit dem Rockzipfel die Augen und witterte in die Nacht. Schwefel, Ruß, geplatzte Sterne. Hoch oben wurde Blei gegossen. Tropfen fielen herunter und schlugen gegen die Fensterbleche.

Da machte sich Minna aus dem Staub, unauffällig an den Feiernden vorbei, und vor den Wärtern betete sie: *Müde bin ich, geh zur Ruh*. Die Schlafwächterin verabreichte ihr Veronal und schickte sie zu Bett. Durch Minna bliesen Fanfaren.

Es war die letzte jener Innernächte, auch *Tote Tage* genannt, in denen Erzgebirger allerlei nicht von Gott diktierte Gebote befolgten. Leichsenring-Minna lebte den heimischen Brauch, obgleich die Anstalt ihr keine Heimstatt war, nur eine Zwischenstation, in der ihr Glauben bestärkt wurde, dass *alle Dinge zum Besten dienen*.

Erst zog sie sämtliche Nadeln aus ihrem Zopfkranz, entflocht die Haarstränge, und als sie diese kämmte, würzte Schwefelduft die Luft. Forthin sträubte sich Minna gegen die verordneten Bäder, wusch sich nicht einmal mehr die Hände. Ebenso vermied sie, ihre Mahlzeiten von Porzellantellern zu essen, da diese zu Bruch gehen könnten und alles Unheil, das Minna bis zu diesem Punkt ihres Lebens nicht erfahren hatte, über sie käme. Drei Tage nach Silvester drang sie nachts in die Küche, stahl ein Säckchen Zwiebeln, schälte diese, bestreute die Schalen mit Salz und versteckte sie unter der Kellertreppe. Abermals drei Tage später sah sie, dass die Schalen nass waren.

»Im neuen Jahr wird es nur regnen«, prophezeite Minna, »die Felder werden nichts einbringen, und in den Augen der Leute wird man nur Not sehen.«

Am Morgen nach dem Dreikönigstag wurde Leich-

senring-Minna zum Direktor der Heilanstalt bestellt. Besorgt erkundigte er sich bei seinem ältesten Gast, warum dieser, trotz seines außerordentlichen Privilegs, seine Psyche durch moderne Heilbehandlung zu therapieren, offenbar lieber wieder in Arrest gehen oder die Zwangsjacke tragen möchte. Alternativ käme die Unterbringung in einem Altfrauenhaus infrage.

Minna verstand nicht. Sie war von Glück umhüllt geboren, und der Pfarrer hatte gesagt, sie findet überall zum Guten. Jetzt fand sie, dass es Zeit war, diese einfachen Tatsachen zu beweisen. Kurzerhand erklärte sie: »Ich bin nicht krank, und ich war nie krank. Dafür danke ich dem Herrn.«

»Dafür danken Sie *mir*, um korrekt zu sein«, sagte der Direktor.

So geschah es, dass Minna jenes Papier überreicht bekam, das, falls sie sich zukünftig einer Amtsperson vorstellen sollte, den Ruhm *Heilanstalt für weibliche Seelengestörte Sonnenstein* weitertrug:

Für die Anstaltsinsassin Minna Leichsenring, geboren
am 13. Juli 1804 in Pfaffroda,
erfolgte am 07. Januar 1900 die
ENTLASSUNG IN DIE HEIMAT

Da fing sie an zu laufen, als würde sie von unbekannter Energie beschleunigt, und sie gelangte von der Anhöhe, auf der die Heilanstalt lag, durch den Schlosspark und die Stadt Pirna in Niederungen gewöhnlicher Landschaft. So schnell es ihre alten Füße erlaubten, machte

sie einen letzten Versuch, jenen Menschen zu finden, der ihr zugehörte, den sie zu lieben vermeinte.

Zu ihrem hundertsten Geburtstag befand sich Minna auf einer Straße irgendwo im vorstädtischen Raum bei Dresden. Es war ein milder Sommertag. Sie fühlte sich wohl in ihrer Haut, blieb unterwegs, *entlassen in die Heimat.* Wie Minnas Füße Schritt für Schritt das Pflaster maßen, kam ein junges Mädchen daher. Es trug einen Krug Bier unter dem Arm, hatte Vogelbeeren an den Ohren hängen und wollte von Minna wissen: »Wer bist du und wohin des Wegs, altes Mütterlein?«

»Bin durch den Wind, durch den Wind, ein hundertjähriges Kind.«

Das Mädchen, da es glaubte, die Alte sei Biertrinken gewöhnt, reichte ihr den Krug. Minna nahm einen Schluck, bedankte sich für das Labsal, betrachtete das Mädchen von Kopf bis Fuß und fragte: »Bist du's, Minna, oder bist du's nicht?«

Da erschrak das Mädchen, riss sich die Vogelbeeren von den Ohren, ließ den Krug zu Boden fallen und rannte davon.

Nun kamen sieben Burschen daher. Sie trugen sonntägliche Gehröcke, Spazierstöcke mit Silberknauf und goldene Uhrketten. Sie sahen die Alte in Scherben stehen.

»Wohin des Wegs?«

»Zu meinem Jungen. Er heißt Hans. Wisst ihr, wo er ist?«

Die Burschen verneinten. Einer gab vor, es herausfinden zu wollen: »Welchen Beruf hat er denn?«

»Meister.«

»Welches Handwerk?«

»Meister, mehr nicht.«

»Da haben Sie Glück«, sprach der Bursche. »Wer kennt den Hans nicht? Er wohnt in der Stadt in einer prächtigen Villa und tut nichts anderes, als auf seine alte Mutter warten.«

»Wie heißt denn die Stadt?«, fragte Minna.

»Chemnitz, die Steinreiche.«

Der Bursche steckte Minna drei Groschen zu, bevor er mit den anderen weiter seinem Vergnügen nacheilte. Als Minna sie aus den Augen verloren hatte, fiel das Glück vom Himmel. Ob es vom Krähenschwarm kam, der über ihr spektakelte, oder ob es durch den Wind zu ihr getrieben wurde – plötzlich war es da, ein kleines Stück Pappe, darauf stand:

Personenzug 3. Klasse
Dresden – Chemnitz
über Freiberg und Flöha
4,50 Mark

In dem Moment, da sie die grauen Schwaden hinter dem Gleisbogen des Dresdner Hauptbahnhofes auf sich zukommen sah, hielt sie den Fahrschein fest. Auch der Zug hielt. Bremsen kreischten, ein Geräusch, das Minna betäubte, doch heute gab das Glück den Ton an.

Durch den Rauch, der aus dem Schornstein der Lokomotive paffte, erblickte Minna im Führerstand

den Lokführer. Im Gegensatz zum übrigen Bahnpersonal trug er keinen Dienstrock, auch keine Schildmütze, sondern einen aus vielerlei Pelzwerk genähten Mantel sowie einen Zylinder. Der Zylinder dampfte. Der Dampf wurde eine Wolke, die die Sicht verdunkelte. Minna winkte dem Lokführer. Er sah sie nicht. Sie rief: »Nathanael! Ich fahre mit der Eisenbahn!«

Er hörte sie nicht. Sie versuchte es abermals: »Nathanael! Hier ist Ihre Wilhelmina, erkennen Sie mich?«

Der Lokführer stieg in die Lok und ließ Minna allein auf dem Bahnsteig. Da musste sie weinen, wie sie es als Kind nie vermochte, schluchzend, barmend, mit überlaufenden Augen. Sei kenne Plärrgusch!, rief Om aus der Tiefe der Vorzeit. Gehorsam trocknete sich Minna die Augen mit dem Jackenärmel. Als sie wieder klarsah, traf ihr Blick den schnaubenden Körper der Lokomotive. An deren Ende war eine offene Tür, dahinter brennende Kohlen. *Einsteigen bitte!*

Minna lief zum nächstbesten Waggon, erklomm die Einstiegsstufen, nahm Platz im Inneren. Derart komfortabel hatte sie noch nie gesessen. Obgleich die hölzernen Bänke kaum breiter als Kirchengestühl waren, fühlte sie sich wie auf einem Thron. Minna, nunmehr dem Glanz der Gleise folgend, der Sonne des Jubiläums ihrer Geburt, ihrer Zukunft, die nur ein Ziel und einen Namen kannte: Hansl. Zwarch Hansl. Hans im Glück. König Johann. Meister Johannes. Kommerzienrat Johannes Leichsenring. Werweißwerweiß.

Ein Pfiff. Der Zug ruckte, fuhr an. Kurzes, schlagendes Rauschen, langsam, rascher, das Spiel dampfender Kolben

Stangen Hebel. Erst war Minna bang, bald fasste sie Mut und wagte den Blick aus dem Fenster: Bahnsteig, Menschen, Hunde, Strommasten, Häuser, Zäune, Straßen, eine Brücke, drunten die Elbe, Felder, Wälder, bergauf, bergab, die Heimat da dort nirgendwo, im Dampftakt durch die Täler der Flöha und wieder hinauf.

Die Waggontür wurde aufgetan. Herein trat der Kondukteur. In der Hand hielt er eine Lochzange. Unaufgefordert reichte ihm Minna ihr Glück. Er entwertete es, gab es zögernd zurück und fragte: »Wohin ganz allein, Mütterchen? Wolln Sie sich in der Stadt verlieren?«

Da erschrak Minna und flehte: »Bitte, nehmen Sie mich mit. Ich mache auch keine Umstände, will nur zu meinem Jungen. Er tut nichts anderes, als auf mich warten.«

Der Schaffner beugte sich zu der Alten und flüsterte ihr ins Ohr: »Schau dich nicht um, dein Buckel ist krumm.«

Als Leichsenring-Minna am Nachmittag des 13. Juli 1904 nach dreistündiger Reise mit dem Dampfzug von Dresden über Freiberg und Flöha den Bahnhof Chemnitz erreicht hatte, stellte sie sich das erste Mal in ihrem Leben ins Licht. Die Empfangshalle mit ihren Geschäften und umhereilenden Menschen war von Lampen erhellt. Minna, der es schwerfiel, den steifen Nacken zu bewegen, wurde durch den Schein so durchwärmt, dass sie sämtliche Schmerzen vergaß.

Da fing sie an zu laufen, aus der Lichthalle über den Bahnhofsplatz, die Gleise der Elektrischen querend,

und sie eilte ohne Kenntnis der Lage durch die Carolastraße bis zur Königstraße, auf der sie die Vorfreude überwältigte, im Glanz des Sommertages, der sie durch lärmende, von Kutscherrufen, Fahrrad- und Straßenbahngebimmel bevölkerte Straßen leitete. Hier und da rollte ein Automobil, ein Gefährt, dem Minna respektvoll auswich, denn die Stadt war ihr ungewohnt wie das Meer oder das Weltall.

Sohn Hans, das war Minna gewiss, hatte Anteil an dieser Anderwelt. Die Krähe hatte es wahrheitsgemäß berichtet und sie in den Zug gesetzt. Ohne Wissen, ohne Wegweiser bog Minna ab auf die von Fabriken und Mietshäusern gesäumte Mühlenstraße. Heiß war es, die Luft trübe. Durch die Stadt zog der Geruch von Pferdeäpfeln und Gasolin.

Als Minnas Füße derart brannten, dass sie nicht weiterlaufen wollten, gelangten sie an einen Straßenbrunnen. Minna, die bislang nur ihre heimische Hauspumpe kannte, staunte. Das war gewiss die Königin der Brunnen: hoffnungsgrün, eisern, verziert mit Wappen und Fabelgetier. Ein Froschmaul stellte den Wasserspeier dar. Als Minna den Schwengel betätigte und ihre Füße erfrischte, bildete sich unter dem Auslauf eine Pfütze. Das Froschmaul spiegelte sich darin und quakte: »Dein Buckel ist krumm. Was gehst du hier um?«

Noch bevor Minna die Frage erfasst hatte, sprang der Frosch aus der Pfütze und verwandelte sich in einen älteren Herrn. Dieser war kein anderer als Hans.

»Du bist es!«, rief Minna. »Was für ein Glück!«

Hans sprach: »Das Glück sei dir geschenkt, aber was gehst du hier um?«

»Ich habe dich gesucht, lieber Sohn, ich habe dich gefunden. Mehr bedarf ich nicht.«

»Wenn du alles hast, was willst du dann von mir?«

»Was immer *du* willst. Ich bitte dich nur um eins, nimm mich mit. Ich bin alt und allein und habe kein Dach überm Kopf. Ich mache dir auch keine Umstände.«

Hans merkte, wie das Herz seiner Mutter gewaltig klopfte, und er dachte: Das Weib hat mich geboren. Nun ist es beinahe tot und tut doch so, als würde es mir zum Trotz ewig weiterleben wollen! Da will ich mal kein Frosch sein, sie mit mir nehmen und ein wenig zum Staunen bringen.

Hans, auch bereits über achtzig Jahre alt, trug wie ein junger Stutzer brillierten Schnurrbart, Strohhut, weißes Sakko, Seidenweste sowie eine Sonnenbrille aus Rauchglas. Minna hakte sich bei ihm unter. Erst mochte er diese Klammer nicht zulassen, denn die Alte roch streng nach Elend. Schließlich erbarmte er sich. Nach den ersten gemeinsamen Schritten zählte Hans freimütig seinen Besitz auf: Meisterbrief als Barbier, Aktien, Ehrentitel, mehrere Fabriken, ein Warenhaus, ein Automobil, eine Villa, außerdem sieben Kinder, zugerechnet Enkel und Urenkel.

»Ei was!«, stieß Minna hervor.

Stein und Bein schwor Hans, sein Aufstieg sei wahr und redlich. Er führte seine Mutter über eine Brücke. Schritt für Schritt, damit sie nicht stürze. Er forderte

nichts, setzte sich nicht schwer auf ihre Seele, sondern gab sich gutherzig. Minna genoss seine Eskorte. Am Ende der Brücke befand sich die Promenade. Hinter der Promenade Schlossteich und Park, hinter dem Park Fabriken Schlote Brauereien, auf dem nahen Hügel die Kirche. Bei deren Anblick sah sich Minna wie aus seliger Höhe, in inniger Übereinkunft mit jenem aparten Begleiter, der ihr Sohn war.

Arm in Arm wandelten sie zwischen Sommerfrischlern. Minna bewunderte die langen, schwingenden Kleider der Damen, deren ausladende, mit Kunstblumen bepflanzte Hüte, die hübschen Sonnenschirme. Auch von den Herren konnte sie ihren Blick nicht wenden. Sie griff den Sohn fester, und im Moment höchster Zuversicht bezweifelte sie ihren irdischen Triumph: Vielleicht bin ich schon im Himmel?

Minna fand sich auf dem Gartenstuhl eines Freisitz-Cafés. Obgleich sie aus der Schar der Gäste herausfiel, wurde sie von einem Engel bedient. Über seinem Kleid trug er eine Schürze, auf dem Scheitel ein Servierhäubchen. Er kredenzte Minna Kuchen, der so köstlich war, dass sie annahm, er vereine in sich alle Süße und Zartheit der Welt. Selbst das Zuckerzeug, das einst das Schloss Pfaffroda verzaubert hatte, erinnerte Minna dagegen als trügerisch und von minderem Wert. Als Hans erklärte, es handele sich bei diesem Backwerk um Baumkuchen, schwärmte Minna, dass sie nun, steinalt und zahnlos, Bäume essen könne, das sei famos! Den Dunkelwald würde sie bis auf die letzte Tanne verspeisen, falls er ihr in dieser Weise dargereicht würde.

Hans dachte: Sie ist meine Mutter. Wir kennen uns nicht. Ich will den Tag schnell hinter mich bringen.

Der Süßigkeit folgte Musik. Sie kam auf dem Teich daher. Ein Ruderer und ein Mädchen saßen in einer Gondel. Das Mädchen hielt eine Geige im Arm. Als ihr Bogen die Saiten strich, strömten Leute herbei, um vom Ufer aus zu lauschen. Das Mädchen spielte so herzzerreißend und lebensfroh, dass die Leute zu tanzen begannen. Erst zögernd, dann mutiger, schließlich sprangen die Sommerfrischler ausgelassen auf der Promenade herum. Selbst der Parkwächter, der Ordnung und Anstand bewachte, wurde von den Rhythmen des Geigenspiels angesteckt. Kein Wunder, dass die Musik auch Minna in die Knochen fuhr. Als hätte sie ihr Alter verloren, fing sie an, die Beine zu heben und in die Höhe zu springen, und je mehr das Mädchen strich, desto besser ging der Tanz. Minnas Knochen schmerzten, als würden sie gleich zerbrechen, und sie rief: »Au weih! Hansl, binde mich an!«

Hans, dem ebenfalls die Füße zuckten, versuchte seine Mutter zu halten. Er war in der Pflicht. Minna zuckte in seinen Armen. Was ringsherum lebendig war, zuckte ebenfalls, so lang, bis alles erschöpft daniederlag. Darauf verstummte das Geigenspiel. Die Gondel legte am Steg an. Der Ruderer und das Mädchen stiegen aus und gingen mit dem Hut herum.

Der Nachmittag ging zur Neige. Schnell waren die Mühen vergessen. Krähen versammelten sich in den Bäumen. In Hansens Sonnenbrille spiegelte sich Minnas Antlitz. Er führte sie weiter die Promenade entlang.

Schweigend, müde des Spiels. Da spürte Minna, wie ihre Beine wieder schwer wurden und der Nacken sich versteifte. Immer öfter mussten sie auf einer Bank ausruhen.

»Ich werde mich wohl bald hinlegen müssen«, sagte Minna.

Gegen acht, als es zu dämmern begann, gelangten sie an den Bürgergarten. Auch dieser hatte Unerhörtes zu bieten. In einem mit Teichwasser gefüllten Bassin tauchten Frauen und Mädchen ihre Leiber bis zum Hals ins Wasser. Nicht nackt wie Minna einst vor den Augen des Waldes, auch nicht entblößt wie in der Badewanne der Heilanstalt, sondern in bunten Schwimmkleidern. In gestreiften Trikots drehten Männer und Burschen im Becken Runden. Einige saßen auf hölzernen Stegen, rauchten und träumten, auf den Hüten der Damen zu segeln.

Leichsenring-Minna schlief. Auf einer Bank, an die Schulter ihres Sohnes gelehnt. Sie merkte nicht, wie er sich allmählich von ihr löste. Er stand auf, richtete den Leib seiner Mutter und verschränkte ihre Finger ineinander, damit sie Gott in der Not anrufen konnte. Hernach ging er seiner Wege.

Der Parkwächter scheuchte Minna auf. Als sie begriff, dass sie wieder allein und weit und breit kein Sohn war, drückte sie den Schrecken weg und dachte: Er tut nichts anderes, als auf mich warten. Bestimmt ist er schon vorgegangen. Er wird mir meine Schlafkammer herrichten, ach, keine Kammer, sondern ein eigenes Zimmer mit Teppich und Himmelbett. Morgen wird er mir sein

Reich zeigen und einen Braten auftischen, wie an einem Feiertag.

Wie Minna es geschafft hatte, allein zum Roßmarkt zu gelangen, wusste sie nicht. Ihre Füße waren so taub wie folgsam und trugen sie ihrer Zuversicht voran.

Abermals geriet Minna an ein Wasserspiel. Diesmal war es ein Zierbrunnen, auf dessen Sockel eine bronzene Frauengestalt die Stadt taktierte. Herrschaftlich gewandet, mit Stab und Krone, linke Hand und linkes Bein vorgestreckt, als würde sie Minna den Weg weisen. Zu Füßen der Statue: Schmied und Spinnerin. Der Schmied schaute nach Westen, die Spinnerin nach Osten. Die Spinnerin zog den Faden aus der Spule auf die Spindel, drehte, zwirbelte ihn, und als ob Minna zum Mittun an diesen Ort bestellt wurde, nahm sie den Faden auf, umgarnte damit ihre Finger, die Arme, die Brust, bis zum Hals, wobei sich der Faden verwickelte, verknotete, und Minna schaffte es nicht, ihn einzufädeln …

Sie wünschte sich unter den Mantel der Frau. Sie hatte kein Obdach für die Nacht. Sie hatte Durst. Als Minna sich anschickte, sich durch die Absperrstreben zu zwängen, die das Brunnenbecken vor unerlaubtem Zutritt schützten, hielt sie ein Polizist davon ab.

»Wohin des Wegs, gute Frau?«

»Zu meinem Sohn. Er ist schon mal vorgegangen.«

»Wo wohnt denn Ihr Sohn?«

»In einer Villa.«

»In welcher Villa, wenn ich fragen darf?«

»Das frage ich *Sie*.«

»Wie heißt denn Ihr Sohn?«

»Er heißt Hans. Noch besser: Johannes.«

»Nachname?«

»Leichsenring.«

»Oh, der Kommerzienrat Leichsenring?«

»Ja, er heißt wie ich selbst.«

Der Polizist strich sich ein Lächeln aus dem Schnurrbart und sprach: »Dann versuchen Sie's auf dem Kaßberg. Am besten nehmen Sie die Straßenbahn.«

So flog das Glück Minna abermals zu, diesmal in Form eines Groschens, den ihr der Polizist in die Hand zauberte. Sie schaute dem Wachmann hinterher, wie er davonschritt, in blauer Uniform, deren grüne Ärmelaufschläge sie an Moos erinnerten und der Zinken seines Helms an eine Spitzmorchel. Wie fein ein Mann sein kann, dachte Minna.

Am Kaiserdenkmal bestieg sie die Elektrische. Als sei sie mit jedem Fortschritt vertraut, warf sie den Groschen in den Zahlkasten, zog am Hebel, nahm den Fahrschein in Empfang. Sie setzte sich ans Fenster, um genau sehen zu können, auf welche Strecke sie das Gefährt bringen würde. Pferdekutschen kamen ihr entgegen. Rasselnd und bimmelnd kämpfte sich die Straßenbahn voran. Sie war überfüllt mit Leuten, die, trotz der Enge, von Minna abrückten.

Die Reise ging über den Markt, vorbei am Rathaus, an Läden, Lokalen, die Theaterstraße entlang, bis der Fuß des Kaßberges erreicht war. Hier hielt die Straßenbahn inne und nahm Anlauf. Meter für Meter quälte sie sich bergauf, ächzte über die Brücke, unter der der Fluss

floss, quietschte um die steile Doppelkurve, drohte zu kippen, schließlich rollte sie die Weststraße entlang mit dampfloser Energie.

Es war der Name Kaiserstraße, der Minna versprach, fündig zu werden. Im Abendlicht sah sie die Villen, deren durch gusseiserne Zäune umsäumte Vorgärten. Als sich Minna durch die Menschenmenge im Wageninneren auf den Perron der Straßenbahn gedrängelt hatte, geschah es.

Sie hatte nicht wie die anderen Fahrgäste die rechte Ausstiegsseite benutzt, sondern, weil ihr diese einfacher zu bewältigen schien, die linke. Kaum, dass Minnas Fuß das Straßenpflaster berührte, traf sie ein Schlag. Ausgeführt von einem genagelten Pferdehuf.

In diesem Augenblick befand sich Hans Leichsenring auf dem Heimweg von seinem Kontor. Als er mit seinem Automobil aufgrund des Unglücks an der Kaßbergauffahrt nicht weiterkam, stellte er es am Straßenrand ab, stieg aus und beschloss, den Rest des Weges zu Fuß zurücklegen. Die Menge der Schaulustigen hielt ihn auf. *Schauen Sie nicht hin, Herr Kommerzienrat!* Doch da war etwas, das Hans den Blick von sich weglenkte auf jenes Bündel, das auf den Schienen lag. Er erkannte seine Mutter sofort. Er forderte die Menge auf, ihn durchzulassen, kniete sich mühsam neben die Verletzte, strich ihr das Haar aus der Stirn. Eine Wunde klaffte zwischen ihren Augen. Die Arme waren verdreht. Aus den Lamellen ihres Rocks flossen die Säfte des Lebens. Ruhe breitete sich in Minna aus. Die Pferdekutsche war auf und davon. Der Mond zog über die Dächer. In der

Oberleitung surrte der Strom. Minna tastete nach der Hand ihres Sohnes.

»Herr Kommerzienrat!« rief ein Gaffer, »gehen Sie weg da!«

Auch ein Polizist wollte ihn mit dem Vermerk, das Opfer sei niemand anderes als ein verwirrtes Bettelweib, vom Ort entfernen. Da kam aus der Tiefe von Minnas Körper eine letzte Bitte: »Drück mich, Hansl, drück mich.«

Hans nahm die Sonnenbrille ab, steckte sie in seine Westentasche, öffnete den Kragenknopf, legte die rechte Hand unter den Hals seiner Mutter, hob ihren Kopf ein wenig an und drückte sie an sich. Fest. Fester. Danach schlug er die Hände vors Gesicht und weinte sich die Augen aus, so jammervoll, dass Leute ihn trösteten: Er, der Großherzige, habe das Notwendige heldenhaft und schmerzlos erledigt! Das sei das Einzige, was ein Mensch für einen anderen Menschen tun kann: ihm im größten Unglück Gnade zu erweisen. Die Alte, wer immer sie sei, könne sich Glückspilz nennen!

Spät trollten sich die Schaulustigen. Die Unfallstelle wurde abgesperrt. Über Stunden fiel die Elektrische aus. Es gab Leute, die beteten für die Tote. Eine Krähe hüpfte über die Straße, pickte in den Rossäpfeln nach Fressbarem. Fliegen versammelten sich zum Abendmahl. Der Pfarrer deckte Minna mit Pappe zu, bevor der Leichenkarren sie abtransportierte.

Zweiter Teil

In Richtung der Märchen, tiefer, immer dem Grund zu …

… lag träumend der Kommerzienrat Johannes Leichsenring an seinem letzten Lebenstag in seiner Kaßbergvilla hingestreckt auf einem roten, löwentatzenbewehrten Paneelsofa. Das Sitzmöbel war Zentrum des Salons, dessen getäfelte Wände von ausladenden Bildern beherrscht wurden: Waldlandschaften, ein Kaiserporträt. Die Fenster waren mit Tüllgardinen und schweren Portieren verhangen. Nahe der Armlehne des Sofas, auf die sich die Füße des Hausherrn stützten, befand sich ein Pianola. Diese Apparatur betrachtete der Hausherr mit jenem kindischen Trotz, der ihn Zeit seines Lebens stets dann überfallen hatte, wenn er etwas nicht zu erreichen vermochte. Heute war er gezwungen, in seiner Lage zu verharren. Das triumphierende Alter hatte ihm noch mehr beschert: Raue Flecken auf seiner Kopfhaut, die sein Leibarzt mit fälschlich verordneten Salben zum Lodern gebracht hatte. Strich der Greis mit seinen Zitterhänden über sein Haupt, dachte er: Meine Mutter hat mich belogen. Niemals wurde sie in einer Glückshaut geboren. Nichts hat sie mir hinterlassen als Trugbilder und Not.

Wie der Kommerzienrat so ins Grübeln versank und sich mit all seinen Namen und Titeln, die ihn durchs Leben getragen hatten, seiner eigenen Fortune zu erinnern versuchte, begann im Salon die Dämmerung zu steigen. Es war die Zeit der Hausdienerin, die ihrem Herrn Essen bringen, ihn waschen und wärmen sollte. Doch zur Stunde erschien sie nicht. Der Kommerzien-

rat wollte nach ihr klingeln, sie rufen, sie anschreien, warum sie ihm gerade heute ihre Pflicht und Schuldigkeit versage. Er vermochte nicht mehr, als in die Dämmerung hinein zu flüstern: »Wo bist du, Minna?«

Seine Augen schlossen sich. Während sich der Leib allmählich zum Abschied rüstete, rollten die Augen in ihren Höhlen und ließen ihn noch einmal in sich hineinblicken, tiefer, immer dem Grund zu:

Eine Krähe flog auf. Ihre Haut war gegerbt, die Federn angeklebt, ihr Inneres mit Holzwolle ausgestopft, die Augen waren aus Glas.

Die Krähe flog in einen Wald, und

aus dem Wald wuchsen lauter Schornsteine und Fabriken,

und der Wald sah aus wie eine Stadt.

In rasendem Tempo fuhren Straßenbahnen Automobile Pferdekutschen auf einer Hauptstraße

drehte sich wie ein Brummkreisel ein Kinderkarussell.

Überall, auch in der Luft, standen Menschengruppen und gestikulierten.

Eine Frau in Schwesterntracht saß in einer Pferdekutsche des Karussells. Sie kämmte ihr langes Haar, steckte es zum Dutt, setzte die Schwesternhaube auf, lachte, winkte, und die Reitschule drehte sich schneller.

Eine mit Leimpapier bespannte Litfaßsäule, darauf ein Werbeplakat, das ein Mädchen und einen Knaben zeigte. Die Kinder aßen Brotschnitten. Fliegen umschwirrten das Brot. In roter und blauer Schrift: *Aeroxon – Für die Hygiene, gegen den Verderb!*

Ein scheuendes Pferd und

ein Straßenpflasterstein wurde der Kopf einer Greisin. Hol mich heim, Hansl!, sagte der Kopf.

Die Pferdekutsche rollte darüber hinweg.

Um die Litfaßsäule hüpfte ein Mädchen. Es hatte Zuckerwatte in der Hand und versuchte, von der Süßigkeit abzubeißen. Ein Fliegenschwarm fraß die Zuckerwatte und stürzte sich danach auf die Lippen des Mädchens. Es wollte schreien, doch die Fliegen füllten ihm den Mund.

Die Frau in Schwesterntracht trat auf das Kind zu und befahl: Tötet die Fliegen, sonst töten sie dich! Deutsche Frauen, kämpft im Heimatheer!

Die Krähe wetzte ihren Schnabel am Kopfstein, der das Gesicht der Greisin besaß.

Der Kommerzienrat hockte auf dem Sofa. Er war, wie das Sofa, in roten Samt gekleidet.

Neben ihm, in einen Kinderkorbstuhl gezwängt, einer seiner Enkel in der Ausgehuniform des Deutschen Heeres.

Marschmusik. Die sich automatisch bewegende Tastatur des Pianolas und

die rotierende Notenrolle. Die Notenrolle war ganz aus Mull.

Die Löwentatzen des Sofas scharrten auf dem Parkett.

Die Krankenschwester, nunmehr in Dienstmädchenuniform, trat ein. Sie brachte eine Schale Äpfel sowie den *Erzgebirgsboten*, machte vor den Männern einen Knicks, lächelte dem jungen Soldaten zu und

verließ den Salon wieder.

Wie ein Zeppelin umkreiste die Krähe die Köpfe der Männer.

Der Hausherr schlug mit der zusammengerollten Zeitung nach ihr, bis ihr die Glasaugen aus dem Kopf fielen.

Dem Kinderkorbstuhl wuchsen Löwentatzen und
der Stuhl sprang den Kommerzienrat an und
verwandelte sich in den Soldatenenkel. Er umarmte seinen Großvater so heftig, dass dieser zu ersticken drohte.

Der Soldat nahm einen Apfel aus der Schale und brach ihn in der Mitte durch. Er reichte eine Apfelhälfte dem Großvater. Danke, ich rauche nur, sagte dieser.

Der Apfel wurde eine Zigarre
die Zigarre eine Patrone
die Patrone ein Stäbchen mit Zuckerwatte
die Zuckerwatte ein Fliegenschwarm
der Fliegenschwarm die Dampfwolke einer Eisenbahn.

Die Eisenbahn wurde eine Waschküche, da sortierten Frauen Wäsche, hantierten an Zinkwannen und Kesseln, die
explodierten lautlos, gemächlich und
Wolken aus Wäschebrei schwebten durch die Luft,
dampften, da
stand eine junge Frau vor einem modernen gläsernen Gerät, darauf der Schriftzug *Nathanaels Dampfwaschmaschine Schneewittchen*.

Die Frau bestückte die Trommel mit einem nackten Burschen. Wie ein Embryo lag er in der Lauge.

Dampf wallte. Die Waschweiber drückten sich, tanzten, lachten, küssten einander mit inniger Befriedigung.

Die menschenleere Straße. Ein neuer Morgen dämmerte herauf. Der Kommerzienrat

war allein unterwegs. Er benutzte einen Gehstock, an dem er sich hinfällig bewegte.

Sein Fuß stieß an einen Kopfstein. Der war aus purem Gold.

Auf einem Steckenpferd ritt der Enkel, Kopf und Gesicht mit Mull verbunden. Er sah nicht, wo er hinlief.

Ihm folgten drei Kinder, die Holzspielzeug auf Rädern mit sich führten: eine Kuh, ein Schwein, eine Gans.

Der Kommerzienrat im Automobil auf dem Beifahrersitz. Vorm Steuer lag der Goldklumpen. Fahr los!, befahl der Kommerzienrat, da

verwandelte sich das Gold in einen Wackerstein. Den wollte der Kommerzienrat nicht haben, stieß ihn immer wieder an, bis er schließlich aus dem Auto auf die Straße fiel.

Ein Brunnen, in dessen Zentrum die Bronzefigur der Saxonia.

Johannes Leichsenring, in Sonntagsanzug und Galoschen, betrachtete die Skulpturen. Langsam

Ging er um den Brunnen herum, fuchtelte mit dem Gehstock, schaute immer wieder zu Saxonia auf.

Ein zottelbärtiger Mann stellte sich ihm in den Weg. Er trug einen verbeulten Zylinder sowie einen Flickenmantel. Der Mann begrüßte den Kommerzienrat.

Ein Polizist kam hinzu und salutierte.

Den bärtigen Mann visitierte er streng, zerrte an ihm herum und zog aus dessen Mantel ein Fläschchen, worauf das Symbol für Gift zu sehen war. Daraufhin drückte der Zottelbart dem Polizisten seinen Zylinder ins Gesicht und stieß ihn in den Brunnen.

Der Kommerzienrat half dem Polizisten aus seiner Not, woraufhin er selbst ins Wasser fiel.

Der menschenverlassene Brunnen.

Das Mädchen mit Zuckerwatte, größer als eine Regenwolke.

Es spiegelte im Bassin sein Gesicht und tunkte die Süßigkeit ins Wasser. Die Watte

wurde eine Ratte, die sprang

aus dem Brunnen, kletterte auf dem Kind hoch, schmiegte sich an dessen Hals.

Danke, Aeroxon!, rief das Mädchen.

Marschierendes Militär, linksrechts auf dem Bürgersteig winkende Menschen.

Ein Pferd trabte durch die Menge. Seine Nüstern steckten in einer Gasmaske, seine Augen waren durch eine Brille aus Rauchglas geschützt, seine Ohren mit Priem zugepfropft.

Das Mädchen am Straßenrand dirigierte das Militär mit dem Zuckerwattestäbchen.

Auf der Litfaßsäule ein Plakat, das ein Warenhaus zeigte. Darunter die Schrift *Leichsenring – Spezialhaus für Herren- und Damenbekleidung. Eigene Herstellung. Garantie für tadellosen Sitz. Großes Lager deutscher und englischer Stoffe.*

Die Waschfrau, die Schneewittchen ähnelte, tanzte durch einen Garten, in dem lauter Spalierobst stand.

Sie drückte eine Soldatenuniform an ihr Gesicht.

In der gläsernen Waschmaschinentrommel rotierte die Uniform. Bei jeder Drehung verlor der Stoff seine graue Farbe, wurde blasser und blasser, und als die Frau die Montur aus der Trommel nahm, hielt sie ein verwaschenes Gewebe in den Händen. Es war so fein dünn durchscheinend, gleichsam zäh und unnachgiebig, dass sie es sogleich anzuziehen probierte, und

da riss es, und

die Frau war plötzlich der Kommerzienrat selbst, der sich in einem Spiegel betrachtete.

Er trug eine rote Zipfelmütze auf dem Kopf, und

als er sie abnahm, entdeckte er auf seiner Glatze ekelhafte Geschwüre. Er rief: Minna! Die Salbe! Es brennt!

Eine andere Schneewittchenfrau erschien. Sie trug auf dem Kopf eine Sturmhaube, in der linken Hand eine Geige, in der rechten eine Kreuzhacke.

Else! Meine geliebte Frau!

Die geliebte Frau schlug mit der Hacke die Geige. Bluttropfen fielen zu Boden, stiegen auf

schwirrten durch die Luft

stürzten ab.

Else! Else! Fliegen sind die schlimmsten Bazillenträger! Mach das sofort wieder sauber!

Mit bloßen Händen wischte Else das Blut auf, wischte und wischte

da entstand ein Schein um sie herum, der wurde heller und heller, bis sie selbst Teil des Lichtes war.

Johannes Leichsenring ging durch das Licht an seinen Schreibtisch.

Vor ihm lag eine Mappe mit der Aufschrift TESTAMENT.

Er öffnete die Mappe, blätterte darin und wusste nicht, wem er all sein Hab und Gut vermachen sollte.

Seine Finger waren schwarze Federn.

Als die Eskapaden des Traumes zu Ende gingen und Johannes' Leib kalt geworden war, begann im Salon das Pianola zu spielen: einen Trauermarsch, mechanisch, ohne menschliches Zutun.

… ein jedes Tier in eurem Reich muss ein Stück von seiner Haut dazugeben.

Aus: *Allerleirauh (Kinder- und Hausmärchen 65)*

Die Fenster des Autobusses waren grün gestrichen.

Grün wie die Bäume und die Wiesen des Elbtals, die im April 1940 leuchteten, denn es hatten sich zwei gefunden: Arno Leichsenring und Wilma Ahnert. Beide arbeiteten in der *Pflege- und Heilanstalt Sonnenstein*, Arno als Busfahrer, Wilma als Krankenschwester.

Arno hatte Wilma schon eine Weile im Auge, wie sie ihm mehr als nur zufällig über den Weg zu laufen schien, in ihrer reinweißen Schürze, der waschblauen Bluse, dem gestärkten Häubchen und der Rot-Kreuz-Brosche, die in Arnos Augen jedes andere Schmuckstück ausstach. Doch nicht nur das adrette Dienstkleid hatte seine Aufmerksamkeit erregt, auch die Art, wie

Wilma zupackte, welchen Fleiß jede ihrer für ihn sichtbare Tätigkeit versicherte, wie sie ihm Blicke des Einverständnisses zuwarf.

Die Fenster des Autobusses waren grün gestrichen.

Tarngrün. Wilma ließ den Kraftfahrer nicht unbeachtet. Sie wusste, zu welcher Uhrzeit sein Bus das Tor der Heilanstalt passierte. Bereitwillig meldete sie sich jedes Mal zum Dienst, um die Passagiere, die der Fahrer von werweißwoher hierher transportiert hatte, in Empfang zu nehmen. »Ich bin Schwester Wilma, folgen Sie mir!« Arno folgte ihr ebenfalls, wenn auch in eine andere Richtung als die, die für die Ankömmlinge bestimmt war.

Die Fenster des Autobusses waren grün gestrichen.

Hoffnungsgrün. Das erste Rendezvous zwischen Arno und Wilma fand statt an einem Maiensonntag in der Konditorei auf dem Pirna'schen Marktplatz. Sie aßen Baumkuchen, der köstlich schmeckte und alles um sie herum vergessen ließ. Als wenig später werweißwas für Menschen über den Markt getrieben wurden, beschlossen Arno und Wilma, sich nicht beirren zu lassen und zur Tanzdiele weiterzuziehen. Es war der letzte Tag, an dem die Lustbarkeit gestattet war und Arno und Wilma bereit sein durften *für eine Nacht voller Seligkeit.*

Ihre Verlobung feierten sie an jenem Septembertag, da großer Jubel in der Stadt ausbrach. Heerestruppen wurden auf dem Marktplatz empfangen. Arno und Wilma hatten die Arme voll Blumen, die Herzen voll Glück, und obwohl sie sahen, dass auf dem Sonnenstein Feuersäulen aus den Schloten stiegen und Rauchschwa-

den ins Tal zogen, schworen sie sich: Egal, was ist, wir bleiben zusammen!

Sie mieteten eine kleine Wohnung nahe der Heilanstalt. Ihre Dienstpläne wurden ausgebaut, und es kam seltener vor, dass das Paar gemeinsam Freizeit hatte. Nach einer Schulung des Deutschen Frauenwerkes musste Wilma spezielle Aufgaben für eine *Geheime Reichssache* übernehmen sowie das Schweigen üben. Schweigen sollte auch Arno. Er beherrschte es mühelos und fuhr weiter seinen Bus.

Die Fenster des Autobusses waren grün gestrichen.

Nach Dienstschluss war Arno rechtschaffend müde. Feierabendbier, Zigaretten, Radiomusik, und er war sicher: *Es geht alles vorüber …* Nur wenn Wilma vom Spätdienst nach Hause kam und unter die gemeinsame Decke kroch, schreckte er aus dem Schlaf hoch und hielt den Atem an. Wilmas Haut roch nach Kotze Kacke Lysol. Arno hasste es, wenn seine Verlobte behauptete, nichts könne den Gestank, den sie verbreitete, vertreiben. *Doch zwei die sich lieben, die bleiben sich treu.*

Es war Arno, der sie heranschaffte: GreiseKinderIrreLahmeBlindeTaubeSchwachsinnigeFallsüchtigeKrüppelAsozialeZigeunerJudenHäftlingeHomosexuelleKommunistenAlkoholikerVeitstänzerÜberläufer.

Es war der leitende Arzt Doktor Engelhardt, der sie aufnahm, ihnen Fragen stellte nach Namen, Alter, Abstammung, Glaube und Fruchtbarkeit. Es war Schwester Wilma, die alles notierte und verabreichte, was der Arzt verordnete: Luminal, Somnifen, Mor-

phium, Paraldehyd. Im Paralytikerhaus, wo sie sich sammelten, wünschte ihnen Wilma eine gute Reise. Es waren Pfleger, die sie durch eine Stahltür in den Keller trieben und ihnen zur Beruhigung weiße Kügelchen zu schlucken gaben. Die Kügelchen schmeckten nach Marzipan.

Mitunter zitterten Wilma die Knie. Da verdrückte sie sich hinters Haupthaus, setzte sich auf die Mauer und blickte den Elbhang hinunter. Da war das Rauschen der Bäume zu hören, das Rattern der Eisenbahn, und manchmal vernahm Wilma aus der Tiefe Stimmen: *Zieh mich raus, zieh mich raus, sonst verbrenne ich!* Sah sie in den Himmel, flogen Fetzen. Die Fetzen waren den Schloten des Krematoriums entstiegen, trudelten über das Schüttgut der Deponie, schaukelten wie schwarze Schmetterlinge, bis sie herabsanken. Asche zu Asche, Haut zu Haut.

Mitte Dezember 1940 reichte der Schnee bis unter die Erde. Eisiger Wind wehte, Raben fielen von den Bäumen, doch auf dem Sonnenstein verlief alles nach der Ordnung. Es kam der Tag, an dem Doktor Engelhardt zum Medizinalrat ernannt wurde.

Er ließ den Speisesaal der Heilanstalt mit Tannengrün und Lametta schmücken, Lichterengel aufstellen, die Wände mit Lebkuchenherzen behängen und die Simse mit Marzipan bestücken. Die Fenster waren von hellem Zucker. Sämtliche Mitarbeiter vom Müllfahrer bis zum Direktor waren geladen. Auch Wilma und Arno, die ihren ersten freien Abend im Monat der Festlichkeit opferten. Im Saal war es warm. Es gab Glückwünsche

Reden Beifall. Es gab Wein Kräuterschnaps Zigaretten und mehr, was die Kehle rau machte und zu Kopf stieg. Die Gäste hörten niemanden als sich selbst.

Am Ende gab es eine Überraschung. Doktor Engelhardts Gattin, die sich bislang artiger Konversation mit dem höheren Personal gewidmet hatte, sollte nun einen eigenen Auftritt haben. Und zwar als Violinistin, die sie nicht war, doch deren Kunst sie laienhaft leidenschaftlich betrieb. Bevor sie diese jedoch dem Publikum präsentieren durfte, kam der frischgebackene Medizinalrat nicht umhin, das Instrument selbst einer Würdigung zu unterziehen. Es handelte sich um eine Meistervioline, die mehr als nur musikalischen Zauber in sich trug.

Engelhardt legte den Geigenkoffer auf den Tisch und gebot seiner Gattin, ihn zu öffnen. Sie tat es mit der Hingabe einer Frau, die jede noch so winzige Zueignung ihres Mannes als Zuneigung begriff. Erst kürzlich hatte er ihr dieses Behältnis zum Geburtstag geschenkt. Eine Sonderanfertigung, Glanzstück deutscher Handwerkskunst, außen mit braunem Leder bezogen, das Innenetui ausgeschlagen mit exklusivem pergamentartigem Material. Darin war das Instrument vor Verletzungen sicher.

An den Fensterscheiben blühten kandierte Eisblumen. Engel triumphierten. Durch die Türritzen krochen Schwaden von Myrrhe und Weihrauch. Alles Lebendige wollte Doktor Engelhardt gratulieren. Selbst die Fliegen erwachten aus ihrem Winterschlaf im Keller, suchten sich Zugang zur Feierstätte und saugten sich an den Fenstern fest. *Auf unseren Herrn Medizinalrat!* Die

Gäste hoben ihre Gläser und Frau Doktor Engelhardt hob die Meistervioline ins Licht. Der Saal raunte. Mit dem Bogen strich sie über die Saiten, linkisch, voller Zutrauen, und das Kreischen des Rosshaares übertönte unbarmherzig ihren guten Willen, so dass der Medizinalrat seine Frau rasch bat, das Instrument wieder der Schutzhaut des Kastens zu übergeben. Das nächste Mal, wenn du geübt hast, klingt es erträglicher, Liebes.

Beifall, verhaltenes Mitleid mit dem Doktor, man lobte die Noblesse des Geigenkastens. Auch Schwester Wilma konnte ihren Blick nicht von dem Behältnis abwenden. Sie dachte, keiner unserer Toten hat so einen Sarg. Ihr war unwohl, als hätte sie zu viel Süßes gegessen. So wie die Fliegen, die die Zuckerfenster mit ihren Rüsselsäften aufgelöst hatten und sich Mut antranken. Mitten im Winter glaubten sie, ihre Zeit sei herangebrochen und sie dürften sich des Lebens freuen. Wilmas Zunge wurde schwerer. Arno, der bereits mehrere Bitterschnäpse intus hatte, bemerkte den Zustand seiner Verlobten. Er reichte ihr die Flasche. Wilma schluckte Arnos Medizin und siehe: Der große grüne Kräutergeist des Erzgebirges betäubte Kälte Ängste Übelkeit.

Spät nachts, als Wilma und Arno zu Hause unter der gemeinsamen Decke lagen, drehten sich ihre Sinne.

»Du stinkst«, sagte Wilma zu Arno.

»Ich kann nichts dafür«, sagte Arno zu Wilma.

Er rutschte näher an sie heran, streichelte ihre Wangen, ihre Augen, ihre Stirn, und als sie versuchte, ihr Gesicht von ihm abzuwenden, drehte er es mit Gewalt in seine Richtung. Dann drückte er auf Wilmas bittere Lippen

einen Kuss, der sich wie ein Biss anfühlte. Als Wilma zusammenzuckte, tröstete er sie: *Es geht alles vorüber, es geht alles vorbei.*

Sieben Monate später kühlte die Luft auf dem Sonnenstein ab. Die Anlage wurde zurückgebaut, Keller entrümpelt, großreinegemacht, das Ungeziefer mit Aeroxon vertrieben und verbliebene Patienten in Busse verfrachtet. Durch die tarngrünen Fensterscheiben sahen sie nicht, wohin die Reise ging. Sie wurden, wie man ihnen versicherte, *in die Heimat entlassen.*

Im Herbst 1942 verwandelte die Wehrmacht die Heilanstalt in ein Lazarett. Dem Kraftfahrer Leichsenring-Arno wurde die Leitung des Krankentransportes übertragen. Es war seine Front, seine Hauptkampflinie. Schwester Wilma stieg zur Spezialistin für Wundversorgung und Amputationsnachsorge auf. Die Reichsfleischkarte, auf der ihr Name stand, sah Sonderrationen vor. Bei Sammelaktionen von Winterbekleidung musste jeder im Reich etwas dazugeben. Wolldecken, Spinnstoffe, Pelze, auch letzte Hemden wurden an die Front geschickt.

Im Kino sahen die Verlobten Filme, bei denen sie vor Vergnügen zu kippen drohten, doch sie hielten einander fest. In den Stunden, da vor sämtlichen Fenstern die Rollladen heruntergezogen werden mussten, hörte das Paar Radio. *Haben Sie schon mal im Dunkeln geküsst?* – Nein, log Wilma, *Es klopft mein Herz Bum-Bum.* Nur wenn beide im Dienst waren, hatten sie keine Zeit für ihre Angst und keine Angst vor ihrer Zeit.

Im Frühjahr 1944 heirateten sie. Sie hatten sich fein gemacht. Auch wenn es keine große Hochzeitsschar und nur ein mageres Festmahl gab, stimmte sie der Tag glücklich. Abends besuchten die Frischgetrauten das Kino. Der Film, den sie sahen, hieß *Die Zaubergeige.*

Ihr Kind erblickte das Licht der Welt, als das Gebirge mit einer dünnen Haut Novemberschnee bedeckt war. Drei Monate nach der Geburt des Knaben fielen Bomben auf die Elbtalbrücke, die Eisenbahnschienen sowie auf das Kino der Stadt. Die Konditorei freilich, eine der besten in Sachsen, blieb unversehrt.

»Wir werden den Jungen schon großkriegen«, sagte Wilma.

Wenige Tage, bevor der Frieden über das Land hereinbrach, verweigerte Leichsenring-Arno dem Sonnenstein seinen Dienst. Keinen Fuß mehr wollte er an diesen Ort setzen, keinen Transport fahren, nirgendwohin. Seit Wilma in ihrer neuen Aufgabe als Mutter zu Hause blieb, fühlte er sich alleingelassen. Die Geburt des Sohnes hatte ihn dünnhäutig gemacht. Oder war es Wilma, die nur noch den Knaben an ihre Brust ließ, ihn stillte herzte küsste und mit ihrer Affenliebe nicht tatkräftig genug für das Leben herrichtete?

Wie fetter Ruß legte sich Misstrauen auf Arnos Gemüt. Er beschwor seine Frau: »Wir gehören zusammen, und wenn hier bald alles, dann …«

»… werden wir sehen«, sagte Wilma.

Das Paar verschanzte sich in der Wohnung. Auch wenn es keinen Anlass gab, ließen sie die Rollladen

herunter, stellten die Klingel ab, drehten das Radio auf Flüsterlautstärke, gaben aufeinander acht. Waren die letzten Vorräte ausgegangen, gingen auch sie aus, heimlich, verdeckt, als stünde ihnen ihr verändertes Dasein nicht zu. Derart in Furcht besorgten sie Kohlen Wasser Essbares oder etwas, was als solches galt.

Der Frieden kam mit Macht im Mai 1945. Seine ersten Schritte lernte der Leichsenring-Knabe im Laufställchen. Das Radio trällerte *Das wird ein Frühling ohne Ende*, die Fenster waren nicht mehr verhangen, und in der Konditorei wurde mit Melasse glasierter Haferkeks als Baumkuchen verkauft. Man zeigte sich im Freien, und da, wo noch alles stand wie immer, blühten die Bäume in rosigen Flammen.

Im Auftrag des Amtes für Stadtreinigung fuhr Leichsenring-Arno Müll- und Jauchewagen. Das war sein neues Leben. Jeden Wochentag saß er auf dem Bock. Wie die Fahrzeuge so über das Straßenpflaster rumpelten und Schutt, Abfall und Fäkalien in sich aufnahmen, kam ein wenig Zufriedenheit in Arno auf. Nur wenn Fuhren zum Sonnenstein im Plan standen, trat er auf die Bremse und sagte: »Das sollen andere machen.«

Wilma indes, so sehr sie Licht und Stille herbeigesehnt hatte, wurde unruhig. Sie schlief schlecht. Es gab Nächte, da lag sie bis zum Morgen mit offenen Augen.

»Wenn du nicht pennen kannst, arbeite!«, schimpfte der Kraftfahrer und legte nach, Wilma solle sich nicht so viel um das Balg kümmern, sondern, wie alle normalen Leute, jene Dinge besorgen, die man fürs Leben braucht.

»Was für ein Leben?«, fragte Wilma.

»Fasel nicht, mach!«, brüllte Arno, »oder ich hau dir die Hucke voll!«

Da Wilma immer getriebener wurde, machte sie, was Arno von ihr verlangte und was sie konnte. Sie stellte ihren Sohn ins Laufställchen, verriegelte es, verließ die Wohnung. Hinter den Kleingärten, zwischen Volksschule und Rossschlächterei, wo Fett Leder Pferdefleisch geschoben wurde, wo es von Verzweifelten Verfrorenen Vermummelten wimmelte, trug Wilma das Teuerste auf den Markt, was sie besaß: Ihre Haut. *Zhenshina!*, flüsterten die Männer, die sich an die Händlerin heranwagten. Sie trugen Militäruniformen, ertasteten Wilmas Gut mit Händen und Lippen und ließen auf ihrer Kappe den roten Stern leuchten. Sie sagten, stünde *Frau* zu Diensten, sei sie eine, der bald alles zum Glück ausschlägt: *Wjerno w sorotschke rodilsja!* Da Wilma das Versprechen der Soldaten nicht übersetzen konnte, forderte sie unbeeindruckt ihren Lohn in Form handfester Ware: »Habt ihr Zucker? Habt ihr Grütze? Habt ihr Milch? Ich will Brei kochen für mein Kind.«

Die Männer lachten, spuckten auf den Boden, und als Wilma nicht aufgeben wollte, zahlten sie ihr, was sie selbst erst kürzlich erbeutet hatten: ein Töpfchen aus weißem Steingut mit der Aufschrift GRIMMS NORDHÄUSER KAUTABAK. Mit diesem Töpfchen begab sich Wilma unter die Schieber. Zucker? Grütze? Milch? – Stopfgarn war im Angebot, ein Nussknacker, ein Flickenmantel, ein Geigenkoffer, ein Erlaubnisschein zum Pilz- und Beerensammeln. Eine alte Frau versuchte Wilma vergebens zu

überreden, das Töpfchen gegen eine Eintrittskarte für die Oper *Hänsel und Gretel* zu tauschen. An der Elbbrücke sammelten Leute für die Seifenfabrik Knochen. Ihnen war das Töpfchen kein Ersatz.

Wilma stellte es in den Geschirrschrank. Arno gegenüber behauptete sie, der Markt hätte nichts hergegeben, weil *sie* nichts zu geben hatte.

»Dann denk dir das nächste Mal was aus!«, befahl er.

Wilma wurde noch immer nicht müde und noch immer nicht satt. Zwar warf sie inzwischen weniger Blicke auf ihr Kind, hätschelte es seltener und wurde mitunter laut gegen es. Sie lief in der Wohnung herum, verließ sie zu ungewöhnlichen Zeiten, stromerte ziellos durch die Gegend, kam stets zurück in der Hoffnung, ihren Hunger nach Schlaf sowie den Hunger des Kindes stillen zu können.

Eines Morgens – Arno saß bereits auf seiner Müllkutsche – stand das Töpfchen aus weißem Steingut auf dem Küchentisch. Das sprach zu Wilma: »Sag mir, was ich tun soll.«

Auwei, dachte Wilma, das Ding redet mit mir. Jetzt bin ich wohl völlig verrückt.

»Nun sag schon!«, drängte das Töpfchen, »was soll ich tun?«

»Wenn du reden kannst, kannst du auch kochen, nehme ich an.«

»Nichts leichter als das. Was soll's denn sein?«

»Süßer Brei!«

»Einverstanden«, sprach das Töpfchen, »aber rühren musst du selbst.«

»Was soll ich denn rühren?«

»Nimm, was du bei dir findest, tu's in mich, mach's heiß, und du wirst des Hungers bald ledig sein.«

»Du bist nicht mehr als ein Finkennäppel«, spottete Wilma, »außerdem habe ich weder Zucker, Grütze noch Milch.«

»Nimm, was du bei dir findest«, wiederholte das Töpfchen, ohne auf die Beleidigung zu reagieren.

Da öffnete Wilma den Deckel des Töpfchens, sah darinnen keinen Kautabak, sondern rahmfeine Milch. Als Wilma neben sich griff, stand da eine Schüssel voller Grütze und neben der Grütze eine Tüte Zucker. Wilma beschloss, sich über nichts mehr zu wundern, stellte das Steinguttöpfchen auf den Herd, feuerte ihn an. Da gab es einen Knall. Das Töpfchen platzte und verwandelte sich in einen eisernen Kochtopf, groß wie ein Kohleeimer. Ein Traum!, dachte Wilma und merkte, wie allmählich etwas wie Glück zu ihr durchdrang. Man träumt ja nur, wenn man schläft.

Jetzt gab Wilma sämtliche Zutaten in den Topf, rührte gut um, und der Topf kochte so viel, dass die ganze Welt hätte satt werden können. Nachdem der Brei fertig war, wuchtete ihn Wilma auf das Fensterbrett zum Abkühlen.

Sie trat ans Laufställchen, in dem der Sohn auf einer Decke lag. Matt müde winselnd. Wilma öffnete das Ställchen, legte sich neben den Sohn, deckte ihn mit ihrer Küchenschürze zu.

»Bald gibt's was Feines«, flüsterte die Mutter.

Zwei mal sieben Stunden schlief sie traumlos wie eine Tote. Dann wurde sie geweckt. Von Arno, der an den

Gitterstäben rüttelte. Ob sie jetzt auch noch das Ehebett verschmähe, wollte er von seiner Frau wissen, zerrte sie aus dem Stall und gab ihr eine Schelle ins Gesicht. Wilma lief in die Küche, wischte sich mit dem Schürzenzipfel die Tränen aus den Augen und nahm den Topf mit dem Brei vom Fensterbrett.

»Essen!«, rief sie.

Die Familie saß am Tisch. Der Topf thronte in der Mitte. Wie hoch der Tauschwert für den Pott gewesen sei, wollte Arno wissen, denn er hatte ihn nie zuvor in seinem Haushalt gesehen. Wilmas Antwort lautete: eine Reichsmark, mit allem, was drin ist. Sie habe das Geldstück auf der Straße gefunden.

»So viel Glück am Stück!«, rief Arno und glaubte kein Wort.

Als Wilma jedoch den Topfdeckel aufhob, erfuhr sie männliches Lob: »Endlich mal was Ordentliches, und das reichlich.«

Zufrieden kniff Arno seiner Frau in die Wange und hielt als erster den Teller hin. Als Wilma den Brei austeilen wollte, merkte sie, dass sich auf dessen Oberfläche eine Haut gebildet hatte, so dick, dass der Löffel darin stecken blieb.

»Hast du Leder gekocht, oder was?«, fragte Arno.

»Nein«, sagte Wilma, »süßen Brei. Es hat sich nur eine Haut darauf gebildet. Die wird uns wohl allweil Glück bringen.«

»Was redest du, hirnblödes Weib?«, rief Arno und nahm Wilma den Löffel aus der Hand und rührte.

In diesem Moment verwandelte sich der Brei in

Priem, und der Pott schrumpfte auf das zusammen, was es einst gewesen war: ein Steinguttöpfchen mit GRIMMS NORDHÄUSER KAUTABAK. Arnos zweite Schelle an dem Tag traf Wilma auf der anderen Wange.

Der Junge begann zu weinen, und da er noch immer Hunger und Durst litt, hatte er bald keine Tränen mehr vorrätig.

»Mama nicht hauen«, flehte das Kinderstimmchen.

Da nahm Arno den Knaben auf den Arm, tanzte mit ihm durch die Küche und scherzte: »Die Haut heißt Haut, weil man darauf haut, und wenn man haut, da heult man nicht, es trifft ja nur den Bösewicht.«

Der Knabe sah mit rotgeweinten Augen um sich.

»Die Mama war nicht artig«, erklärte der Vater, »dafür hat sie Haue bekommen.«

Sieben Jahre später tanzten Arno und Wilma Leichsenring gemeinsam im Gasthaus *Tanne* zu den Klängen des Pirnaer Kulturorchesters, und sie schworen sich *Diesmal muss es Liebe sein* und hielten einander im Drehen fest, weil ihnen das Glück fest versprochen war, für die Zukunft, den Rest ihres Lebens, und weil es auf Fahnen geschrieben wurde, damit man es hochhalte, denn Arno und Wilma vergaßen mitunter die neuen Versprechen, weil sie die alten nicht vergessen konnten, doch ihr Sohn, der elf Jahre alt war, trug stolz sein blaues Halstuch und gab sein Ehrenwort, dass er das Glück aller bewachen würde, auch das seiner Eltern, was immer geschehe.

Ihre Tochter erblickte das Licht der Welt an dem Tag, als man sich zur Jugendweihe des Sohnes rüstete. Es war eine Feier mit Blumen, Reden und Musik, die Schüler Eltern Lehrer in hohe, hoffnungsvolle Stimmung versetzte. Doch Arno und Wilma mussten ihren Sohn allein im Kulturhaus zurücklassen, denn im Moment, da er sein Gelöbnis für die Zukunft sprechen sollte, begannen bei Wilma die Wehen. So abrupt, dass Arno seine Frau auf schnellstem Wege in die Klinik bringen musste. Dies geschah gerade noch rechtzeitig, und weil die Entbindung so schnell und schmerzlos verlaufen war, gaben die Eltern dem Nachzügler einen Namen, der das Glück in sich trug: Felizitas.

Dritter Teil

Bleib nur zu Haus, du wirst mit deinem bisschen Verstand nicht weiterkommen!

Aus: *Vom klugen Schneiderlein (Kinder- und Hausmärchen 114)*

Es war einmal eine sächsische Industriestadt am Fuße des Erzgebirges. Sie war berühmt und verrußt, steinreich und elende in einem. Was der Krieg von ihr übrig ließ, die Gründerzeitvillen des Kaßberges zum Beispiel, trug fortan eine grusgraue Trauerhaut und machte nicht mehr viel von sich her. Straßen Plätze Trümmerstätten, von allem Alten geräumt, wurden ausgekehrt, damit das Neue auf sauberem Boden gedeihen konnte. Auf den schmalen Schienen, die die Stadt durchzogen, ratterten hundertjährige Straßenbahnen.

In solch einem Gefährt saßen sich im Jahr 1976 zwei junge Menschen gegenüber: Felix und Felizitas. Felix steckte in der Uniform der Grenztruppen der Deutschen Demokratischen Republik, Felizitas trug ein buntgeblümtes Kleid sowie eine modische Lockenfrisur. Felix streichelte Felizitas' Bauch und sagte: »Ein Jahr Wartezeit. Für 'ne Zweiraumwohnung. Wenn wir Glück haben.«

»Haben wir.«

»Wenn das Kind zur Welt kommt, bin ich Fähnrich. Da geht's bestimmt schneller.«

»Vielleicht.«

»Deine Eltern mögen mich nicht.«

»Nur, weil du bei der Fahne bist.«

Felizitas zupfte an Felix' Uniform und spottete, seine

Klamotten seien total aus der Mode. Felix versprach, dass man ihn heute Abend wieder los sei.

»Immer haust du ab«, beschwerte sich Felizitas.

»Meine Pflicht ist es zu verhindern, dass jemand abhaut. Das weißt du. Das wissen auch deine Eltern.«

Die Küche von Felizitas' Eltern war klein, die Einrichtung stammte noch aus den 1930ern. Wie jeden Sonntagmittag befeuerte Mutter Wilma den Herd mit Holz und Kohlen. In der Röhre befand sich eine Kasserolle. Wilma hob den Deckel, um den Braten zu prüfen. Am Küchentisch saß die Tochter mit dickem Bauch. Mit der Hand nähte sie an einem Kinderkleid. Arno kam vom Frühschoppen. In der Hose aus dickem braunen Cord wirkten seine Beine wie Baumstämme. Ging er durch die Küche, hörten die Frauen *pock! pock!* und erinnerten sich, dass vor vielen Jahren, als das Leben noch jung war, einmal ein Eichhörnchen an seinen Beinen hinaufgeflitzt war. Jetzt warf er seine Schirmmütze hin, zündete eine Zigarette an und rief: »Hab' ich Knast!«

Schnell räumte Felizitas das Nähzeug vom Tisch. Während der Vater die Zigarettenasche in den Küchenausguss schnippte, deckte sie den Tisch und stellte eine Flasche Bier auf Vaters Platz. Die Mutter nahm die Kasserolle aus der Röhre, schnitt das Fleisch, richtete es mit Kartoffeln und Kraut an, tafelte auf. Alle setzten sich.

»Na, Fräulein?«, fragte Arno.

Felizitas schenkte ihm Bier ins Glas. »Zum Wohl, Papa!«

»Der hat genug«, sagte die Mutter.

»Was weißt du, hä?«, schimpfte er, »früher haben sogar Schwangere Bier getrunken. Wie wär's, Feli?«

Er stürzte das Bier in einem Zug herunter. Danach wurde gegessen. Später erkundigte sich der Vater nach etwas Neuem. Felizitas tippte auf ihren Bauch und verkündete: »Es boxt und tritt.«

»Ist halt 'n echter Leichsenring. Prost!«

Die Mutter entgegnete: »'n echter Leichsenring hält die Füße still.«

»Hauptsache gesund!«

Der Vater griff eine neue Bierflasche, öffnete den Verschluss mit den Zähnen und trank.

Im Vorraum des Kreißsaales der Frauenklinik erschien Felizitas in Begleitung ihres Freundes. Sie krümmte sich in den Wehen. Felix versuchte, sie zu beruhigen: »Atmen! Atmen! Ist doch ganz einfach!«

Die Zeit verging. Eine Tür wurde geöffnet, aus der eine mürrische Hebamme trat. Diese sah die beiden und platzte heraus: »Nee, Leute, ich habe Feierabend!«

Sie wollte den Raum verlassen, doch Felix stellte sich vor sie und erklärte ihr, dass das Kind komme. Die Hebamme schob den jungen Mann beiseite und befahl: »Halt die Luft an, Freundchen, hier haut keiner ab.«

Entnervt fragte sie schließlich die werdende Mutter nach ihrem Namen.

»Feli.«

»So heißen Katzen.«

»Felizitas«, korrigierte Felizitas.

»Weiter?«

Felizitas stöhnte.

»Leichsenring!«, ergänzte Felix, »ihr Name lautet Felizitas Leichsenring.«

Die Kreißende knirschte mit den Zähnen. Die Hebamme meinte: »Da wo's reinkommt, musses auch wieder raus. Und wenn du jetzt schon so bläkst, Mädel, wird das hier nichts.«

Im Wartesaal saßen die Väter hinter einer Glasscheibe, um im Babyzimmer das Resultat ihrer Zeugung erstmals sehen zu dürfen. Säuglingsschwestern hielten die Neugeborenen hoch, eins nach dem anderen. Man freute sich allseits des Glücks.

Felix, der vergebens auf sein Kind gewartet hatte, wurde nach der Besuchsstunde ins Arztzimmer bestellt. Die Sprechstundenschwester schaute ihn betrübt an, und der Arzt sprach: »Ich will's kurz machen. Es tut mir leid, Herr Leichsenring.«

»Hänsel!«, warf Felix ein, »ich heiße Hänsel. Wir sind nicht verheiratet.«

»Also frisch, frei und wehrhaft«, stellte der Arzt mit Blick auf Felix' Uniform fest und fuhr fort: »Gut, dann wird's für Sie nicht so schwer. Während der Geburt des Kindes gab es nämlich einen Zwischenfall, besser gesagt, es handelte sich um einen seltenen Zufall. *Caput galeateum*, das ist Latein und bedeutet, das Kleine ist mit der intakten Fruchtblase zur Welt gekommen, einer sogenannten Glückshaut. Bedauerlicherweise hatte es Fruchtwasser in der Lunge. Wir waren gerade bei einem schwierigen Fall, deswegen haben wir den Vorgang bei Fräulein Leichsenring, ich sag mal, verpasst.«

»Glückshaut?«, fragte Felix.

»Man sagt so. Wir haben auf Reanimation verzichtet. Das Kind hätte keine Überlebenschance gehabt.«

»Ich will das Baby sehen.«

»Vergessen Sie's. Das ist im Eimer.«

»Das Baby! Sofort!«

»Mensch!«, sagte der Arzt, »reißen Sie sich zusammen. Sie sind doch Soldat! Tapfer, optimistisch, einsatzbereit. Also, Kopf hoch! Die Kindsmutter trägt übrigens keine Schuld. Die ist gesund. Die können Sie in dem Zustand sogar doch noch heiraten. Halten Sie sich ran, junger Mann. Das nächste Mal haben Sie mehr Glück.«

Die Schwester reichte Felix ein Rezept mit den Worten: »Der Doktor hat Ihnen das zur Beruhigung verschrieben.«

In der Küche saßen sie zusammen. Arno und Wilma Leichsenring, beide ein Bier vor sich, beide müde. Sie schauten durch die Flaschenöffnung in die hopfigen Tiefen des Trostes und schwiegen über alles, was in den Jahren über sie gekommen war: ihr Vorleben, das wie eine ewig entzündete Haut die Gemüter umgab; die neue, unhaltbare Zeit, die sie gnädig am Leben hielt; sie schwiegen über ihren Sohn, der in Leningrad Wirtschaft studierte und nur einmal jährlich eine Postkarte schrieb; sie schwiegen über das Unglück ihrer Tochter, die ihr Neugeborenes verloren hatte und von dem Mistkerl nicht loskam, der ihr das eingebrockt hatte; und sie schwiegen über ihr Altsein, das ihnen kein Versprechen mehr offenhielt. In diesem Schweigen lebte auch Feli-

zitas, denn wenn sie die Eltern fragte, was sie jetzt mit sich anfangen solle, hieß es: Geh arbeiten, das andre wird schon irgendwie werden.

In der Arbeitshalle der VEB Trikotagenwerk roch es nach Staub Öl Schweiß. An den Näh- und Stoffschneidemaschinen waren Frauen beschäftigt, unter ihnen Leichsenring-Felizitas. Die Maschinen ratterten im Akkord. Über das Betriebsradio dudelte Unterhaltungsmusik, bis mit dem Pausenton alles stillstand. Viertelstunde Frühstück! Zwischen den Umkleidespinden aßen tranken rauchten die Frauen. Felizitas kaute trübsinnig an ihrem Brot, bis sie eine Kollegin aus ihrem Grübeln riss: »Deine Flappe kann man nicht länger ansehen. Du brauchst mal wieder was zum Aufwachen.«

»Ich lieg jede Nacht wach«, sagte Felizitas.

Das Betriebsradio gab das Ende der Pause kund. Die Frauen begaben sich wieder an ihre Plätze.

Es waren einmal zwei junge Textilfacharbeiterinnen, die gingen auf den Rummelplatz, um ihr Glück zu probieren. An der Losbude wurde es ihnen mit lauter Nieten verwehrt, beim Dosenwerfen gab es keinen einzigen Treffer, nicht mal beim Entenangeln hatten sie Erfolg. An der Schießbude drückte man ihnen ein Luftgewehr in die Hand. *Ein Schuss, zehn Pfennig! Drei Schuss fümundzwanzig Pfennig!* Die Frauen amüsierten sich über ihr Ungeschick, denn sie wussten nicht, wie sie die Waffe handhaben sollten. Da kam ein Kerl mit langen Haaren, Fleischerhemd, Flickenhosen und Hirschbeu-

tel des Weges. Er nahm Felizitas das Gewehr ab, lud es durch und zielte in den Himmel.

»He! Lauf nach unten!«, warnte der Schießbudenbetreiber.

Der Kerl aber erstattete Meldung: »Herr General! Ich bin ein bewaffnetes Organ und diene in der Kompanie Vogelfrei.«

Er drückte ab, es knallte, aus dem Himmel fiel eine Krähe in die Kulissen der Geisterbahn. Der Kerl gab das Gewehr dem Schießbudenbetreiber zurück und versicherte, dass der Himmel nun sauber sei.

Zum Dank für den Spaß luden Felizitas und ihre Kollegin den Kerl zum Zuckerwatteessen ein. Gemeinsam tranken sie aus einer Wodkaflasche, schlenderten über den Rummel bis zum Kinderkarussell. Dort drängten sich die drei in eine Pferdekutsche. Der Schausteller duldete es und rief: »Eine Extrarunde für unsere klein gebliebenen Großen! Es geht los! Festhalten bitte!«

Da kam ein Volkspolizist des Weges und machte große Augen. Felizitas, ihre Kollegin, der Kerl und sämtliche Kinder im Karussell winkten dem Polizisten zu.

Im September gingen sie durchs Gebirge. Die Gipfel und Bergflächen in dunklem Grün, die Täler hinunter Glimmerschiefer und Gneis … Es war Urlaubszeit, und der Mann trug eine Fähnrichuniform sowie einen Fotoapparat. An seiner Seite lief Felizitas. Sie trug stoppelkurzes Haar, Niethosen sowie ein blauweiß gestreiftes Fleischerhemd. Felix fotografierte den Wald. Seine

Kamera lag ihm gut in der Hand. Nach einer Weile gelangte das Paar an einen Aussichtspunkt und erblickte in der Ferne das Schloss Pfaffroda. Felix knipste es, einmal zweimal dreimal.

»Seit wann interessieren dich Schlösser?«, wollte Felizitas wissen.

»Das werden gestochen scharfe Bilder, kannste glauben!«

»Gestochen scharf. Und ich?«

»Wart's ab.«

Das Paar wanderte weiter. Am Wegrand fand Felizitas einen prächtig aufgefalteten Fliegenpilz, drehte ihn aus der Erde und hielt ihn als Schirm hoch. Der Fotoapparat klackte nur einmal.

»Du bist irgendwie komisch seit letztem Mal«, bemerkte Felizitas.

Felix gab zögernd zu, ihr etwas gestehen zu müssen.

»Dass du mich nach einem halben Jahr nicht wiedererkannt hast? Ich sehe aus wie 'n Gammler. Meinst du das?«

»Ich erkenne dich immer und überall. Du bist meine Feli.«

»Erzähl mir was Neues.«

»Also gut. Neu ist: Ich habe mich verpflichtet. Für zehn Jahre, vielleicht für immer.«

Der Wald rauschte. Bäume neigten ihre Wipfel, als würden sie den Wanderern ein Geheimnis ablauschen wollen. Tannenzapfen schlugen auf dem Boden ein.

»Hau ab«, sagte Felizitas zu Felix.

Sie gingen weiter gemeinsam durchs Gebirge. Felix

versuchte zu erklären, dass es auf der Welt mehr gäbe als nur zwei Menschen, die sich lieben.

»Was denn?«

»Eine Zukunft, Feli.«

Sie gelangten an eine Schutzhütte.

»Ich brauch was zum Aufwachen«, sagte Felizitas.

»Ach ja? Säufst du jetzt auch? Wie dein Vater?«

»Mensch, Felix, du und ich, wir hatten ein Kind! *Das* war die Zukunft!«

Eine Weile standen sie sich gegenüber, wütend, voneinander enttäuscht, schließlich drängte Felix Felizitas in die Hütte. Dort machten sie sich nackt. Dort gingen sie auf der Holzbank aufeinander ein. Danach zogen sie ihre Unterwäsche wieder an, deckten sich mit der restlichen Kleidung zu, rauchten aneinandergeschmiegt eine Zigarette.

»Na siehste«, sagte Felix, »du bist und bleibst meine Feli.«

Da schnappte sich Felizitas die Uniform ihres Freundes, rannte aus der Hütte und warf die Uniform in den nahen Waldbach. Als der Soldat seiner Geliebten folgte, lief er nicht nur ihr, sondern auch einem Volkspolizisten in die Arme. Der begrüßte ihn mit den Worten: »Guten Tag, der junge Hirsch! Personalausweis?«

»Melde gehorsam: Hänsel-Felix, Grenzausbildungsregiment zwölf!«

»Wehrdienstausweis?«

»Feli, meine Uniform! Da ist der Ausweis drin.«

»Was für 'ne Uniform?«, fragte Felizitas.

»Gib sie her!«

Da lachte Felizitas, hüpfte wie ein Kind vor den Männern herum und trällerte: »Alle meine Kleider schwimmen in dem See, schwimmen in dem See, lass den Kopf nicht hängen, streck ihn in die Höh!«

»Jetzt reicht's«, schnauzte der Polizist. »Sie kommen jetzt beide mit und ziehen sich gefälligst was drüber!«

Felix versuchte ihn abzuwiegeln: »Glauben Sie mir! Es ist alles ein Irrtum. Ich habe Urlaub, und meine Freundin hat kürzlich ihr Kind verloren. Sie ist etwas durcheinander, der Schock ... Verstehen Sie ... Wir haben nichts Verbotenes getan.«

Felix reichte dem Polizisten als Beweis die Kamera. Er habe nur das schöne Erzgebirge fotografiert. Und das Schloss. Und seine Freundin. Sie hätten ein bisschen Spaß gehabt, weiter nichts.

Der Polizist nahm das Gerät an sich und sagte: »Wir prüfen das.«

Sieben Monate später lag Felizitas auf der Untersuchungsliege in der Frauenklinik. Der Arzt machte eine Ultraschalldiagnose, und Felizitas wollte wissen, ob man schon sehen könne, was es wird.

»Ich hoffe, kein Abbruch«, lautete die Antwort.

»Wieso?«

»Es ist nicht eins, es sind drei«, verkündete der Arzt, »drei auf einen Streich. Gratuliere. Alles bestens. Sie können jetzt aufstehen und sich anziehen. Nächste Untersuchung in vier Wochen.«

Auch die Schwester beglückwünschte die werdende Mutter mit der Bemerkung, sie habe ihren Plan tüchtig

übererfüllt. Jetzt müsse sie noch den Namen des Kindsvaters verraten, damit alles Weitere in die Wege geleitet werden könne. Felizitas kleidete sich wortlos an.

»Haben Sie mich verstanden, Fräulein Leichsenring?«

Als Felizitas auch nach wiederholter Nachfrage keinen Vaternamen nennen wollte, schloss die Schwester den Fall mit den Worten ab: »Tja, dann eben ohne Vater. Wir kriegen die Bande schon groß.«

Felizitas saß am elterlichen Küchentisch, trank Bier, blätterte in einer Zeitung und las: *Der Vorsitzende des Staatsrates der DDR Erich Honecker übernimmt Patenschaft für Karl-Marx-Städter Drillinge.* Vor Felizitas lag Holzspielzeug: eine Gans, ein Schwein, eine Kuh. Neben dem Tellerschrank befand sich die Wiege, in der die Neugeborenen schliefen. Felizitas' Mutter feuerte den Herd an. Auf dem Herd stand der Windelkochtopf. Die Mutter gab schmutzige Windeln in die brodelnde Lauge und rührte mit dem Wäschelöffel um.

»Prost!«, rief Felizitas und ließ den Bierflaschenverschluss ploppen.

Am Abend schliefen die Neugeborenen, eingehüllt in eine Decke, im Bett neben ihrer Mutter. Im Schlafzimmer nebenan schliefen Oma und Opa.

Im Dienstzimmer der NVA-Kaserne saß Felix einem Oberleutnant gegenüber. Der Vorgesetzte wollte wissen, warum der Genosse Hänsel seit über neun Monaten keinen Urlaub beantragt habe. Das sei ungewöhnlich, denn er habe doch Frau und Kinder. Familie sozusagen.

»Genosse Oberleutnant«, gestand Felix, »ich habe beschlossen, ich möchte meine Kraft und meine gesamte Lebenszeit nur noch zur Verteidigung unserer Heimat zur Verfügung stellen.«

»Gibt's Probleme?«

»Nein, Genosse Oberleutnant.«

»Dann raus mit der Sprache! Verpflichtung zur Wahrheit sozusagen.«

Felix zögerte. Der Oberleutnant trommelte mit den Fingern auf den Tisch.

»Schießen Sie los. Das fällt ihnen doch leicht als Grenzer.«

»Nein«, sagte Felix, »es fällt mir nicht leicht. Meine Freundin hat Drillinge zur Welt gebracht, sind alle von mir, ich … kann das nicht … Drei kleine Wesen, wissen Sie, zwei Jungs, ein Mädchen, ja, es gibt Unterstützung vom Staat, Windeln, Wohnung, ein Sparbuch, ja, aber, Feli ist mir fremd geworden, irgendwie komisch in ihrer Art, vielleicht, weil sie hat ihr erstes … unser Glückskind verloren und …«

»Ich verliere gleich meine Geduld«, drohte der Oberleutnant, und als Felix bekannte, dass sich Felizitas von ihm getrennt habe, sprang er auf und brüllte: »Getrennt? Sind Sie wahnsinnig? Das sagen Sie mir erst jetzt? Unmöglich!«

»Wir werden uns nicht wiedersehen«, versprach Felix.

»Sie werden sich nicht wiedersehen? *Wir* werden *uns* nicht wiedersehen, Genosse Hänsel! Sie wissen doch: Keine Trennung vom Partner. Das ist verboten! Ver-boten! Sie sind Geheimnisträger! Unterliegen der Schwei-

gepflicht! Sind angreifbar für den Feind! Was haben Sie alles zu Hause erzählt?«

Felix schwor, dass er privat nie über irgendetwas geredet habe, das mit seinem Beruf zu tun hatte. Es hätte auch niemanden interessiert, weder Feli noch deren Eltern noch deren Bruder noch sonst irgendeinen Menschen.

»Ach, haben Sie Ihrer Madam und deren Sippschaft weisgemacht, Sie sind bei der Verkehrspolizei?«

»So ungefähr, Genosse Oberleutnant.«

»Meine Fresse! Hänsel! Sie Idiot! Was soll ich mit Ihnen machen?«

Felix flehte: »Bitte, mein Ehrenwort! Ich werde meine Freundin und die Kinder nie wiedersehen. Keiner wird etwas sagen. Niemals. Niemandem. Und weil es so ist und bleiben wird, verzichte ich auf Urlaub, auf sämtliche freie Tage, Sie können mich auch zum Sonderdienst oder anderswo, ich …«

»Schon gut. Verdammt noch mal, Sie sind einer unserer Besten.«

Felix nickte heftig, und der Oberleutnant fuhr fort: »Wie ich erfahren habe, können Sie auch hervorragend mit dem Fotoapparat umgehen. Er gilt als Ihr Spezialauge sozusagen.«

»So ist es.«

»Dann hören Sie bald von mir, Genosse Hänsel. Und zu keinem ein Wort!«

»Niemals.«

»Sie haben mehr Glück als Verstand.«

»Zu Befehl, Genosse Oberleutnant!«

Das Haus, in dem sich der Kindergarten befand, war mit Wimpeln geschmückt. Im Garten gab es Bänke, Spielgeräte, einen Sandkasten. Am Rand des Sandkastens hockten die Leichsenring-Drillinge Helma, Rico und Ronny. Das Mädchen spielte mit ihren Brüdern das Fingerspiel *Minel zieh die Latschen an*. Eine Erzieherin trat hinzu, zog das Mädchen von ihren Geschwistern weg und sagte: »Das ist kein schönes Spiel, Helma. Guck mal: Jedes Kind hat an jeder Hand fünf Finger. Fünf Finger hat eine Hand, und zweimal fünf sind zehn.«

Helma machte eine Faust, die Erzieherin bog sie auseinander und zählte Helmas Finger. Eins, zwei, bei drei ertönte ein Gong, und eine Stimme schallte durch den Garten: »Alle Kinder mal herhören! Gleich kommen unsere Patenschüler auf Besuch! Nächstes Jahr seid ihr auch Schulkinder und wollt fleißig lernen. Also Ruhe bitte! Ruhe! Wir gehen jetzt in Zweierreihe ins Haus. Zwei-er-rei-he!«

Im Spielzimmer nahmen die Kinder auf langen Holzbänken Platz. Vor ihnen hatte sich ein Jungpionierchor aufgebaut. Der Chor sang: »Mein Bruder ist Soldat im großen Panzerwagen, und stolz darf ich es sagen: Mein Bruder schützt den Staat, mein Bruder schützt den Staat. Und greift uns jemand an, so hat er nichts zu lachen. Die Volkssoldaten wachen und stehen ihren Mann, und stehen ihren Mann.«

Die Drillinge hockten beieinander. Helma hatte ihre Schürze über den Kopf gezogen. Die Brüder lutschten Daumen. Zu Beginn des Mittagsschlafes banden die

Erzieherinnen die Jungen mit den Handgelenken an der Pritsche fest.

Es war einmal eine Hoffnung auf eine Zukunft, ein AllesneumachtderMai. In den Bombentrichtern der Wälder wuchsen Frühmorcheln und Rötlinge. Am Rande der Stadt wurden Häuser gebaut, so hoch, dass sie bis in die Wolken reichten, obwohl das übertrieben war, doch das Glück des Neuen wurde vielen Menschen versprochen, so auch Felizitas Leichsenring, die für sich und ihre Drillinge eine eigene Wohnung zugewiesen bekam, ganz oben in der elften Etage.

Am Tag, als die Kinder sieben Jahre alt wurden, transportierte der Fahrstuhl drei Gäste aufwärts: Opa Arno, Oma Wilma und Tante Machtlene, die eigentlich Magdalena hieß. Sie hatten Blumen und Geschenke dabei.

Das kleine Wohnzimmer hatte Felizitas mit Girlanden und Luftschlangen geschmückt. Es gab eine Buttercremetorte mit sieben Kerzen. Die Erwachsenen rauchten, tranken Kaffee und für die Stimmung Likör. Die Kinder spielten Topfschlagen. Einmal schlug Helma ihrem Bruder Rico versehentlich mit dem Holzlöffel auf die Finger. Da plärrte er, riss sich die Augenbinde ab und zeigte jedem leidvoll seine Hand. Auch Ronny, obgleich ihn kein Schlag getroffen hatte, schrie, als hätte ihm die Schwester sämtliche Finger gebrochen. Es wurde lauter im Zimmer, bis Felizitas' Vater aufstand und bekannt gab, er habe noch ein Geschenk übrig.

»Was denn, Opa? Was denn?«, riefen die Kinder und hatten sogleich alle Schmerzen vergessen.

Der Opa kramte in einem Beutel und überreichte seinen Enkeln je eine Wundertüte. Sogleich rissen sie das Papier auf, und heraus fielen viele kleine Wunder: Murmeln, Buntstifte, Puffreis, Dropsrollen, Luftballons. Während sich Rico und Ronny auf die Süßigkeiten stürzten, griff Helma einen Luftballon, blies ihn auf, zog das Gummiventil auseinander und ließ ihn quietschen. Sie hüpfte um den Tisch herum, hielt den quietschenden Ballon an die Ohren der Erwachsenen, lachte, kreischte, bis Felizitas um ein Ende der Tortur flehte. Helma ließ von ihrem Instrument nicht ab und spielte zum Tanz auf. *Weil du heut Geburtstag hast …*, und die Jungen stopften sich die Münder voll mit Torte Würstchen Bonbons, mit allem, was sie für essbar hielten, rissen Sachen vom Tisch, warfen Gegenstände umher.

»Hört auf!«, rief Felizitas. »Rico! Ronny! Helma! Ihr sollt hören! Könnt ihr nicht hören?!«

»Wie bei den Hottentotten«, stöhnte Oma Wilma, und Tante Machtlene sprang ihr bei: »Deine Tochter hat die Bälger nicht im Griff. Das ist asozial, wie die sich aufführen.«

Die Erwachsenen versuchten die Kinder zu bändigen, doch es gelang ihnen nicht. Vor allem Helma, die unermüdlich Luftballons aufblies, quietschen und durch die Luft sausen ließ, wurde immer ungebärdiger. Da griff der Opa zur Kuchengabel, trieb seine Enkelin in eine Ecke, fing sie, zerstach den Ballon, und es

knallte. Nach dem Donnerschlag riet Tante Machtlene, die Dreierbande in ein Heim zu geben, dort seien sie gut aufgehoben, da könnten sie sich sowas nicht erlauben. Da drohte Felizitas, aus dem Fenster zu springen. Machtlene wusste es besser: »Tust du nicht!«

»Raus!«, sagte Felizitas, und die Tante: »Ich gehe von selbst.«

Nachdem sie die Wohnung verlassen hatte, kehrte Ruhe ein. Die Jungen sielten sich auf dem Teppich, leckten sich die Finger, streckten diese ihrer Schwester hin und wollten sie am Genuss teilhaben lassen. Das Mädchen schlug das Angebot aus. Opa Arno schlug vor, dass es jetzt an der Zeit sei, sich ein Friedensträpfchen zu gönnen, und verschwand in der Kochnische. Wo der Biernachschub sei, wollte er wissen.

»Im Keller«, antwortete Felizitas.

»Dann geh runter, hol welches.«

»Du hast genug!«

»Ich habe gesagt«, donnerte der Opa, »meine Tochter soll Bier aus'm Keller holen. Gottverdammischnochmal!«

»Bier holen! Ich auch!«, quäkte Helma.

»Du bleibst, wo du bist!«, befahl Felizitas.

Es ging abwärts. Felizitas lehnte an der Fahrstuhlwand, schloss die Augen. Sie war müde, und in ihrem Inneren drehte sich alles. Als sie die Augen wieder öffnete, stand der Kindsvater vor ihr. Sieben Jahre lang hatte sie nicht mehr als ein paar Alimente von ihm gesehen. Jetzt schien er leibhaftig da zu sein, trug eine Leutnant-Paradeuniform und hielt seinen Fotoapparat

auf Felizitas gerichtet. Er drückte den Auslöser, bevor er die Fahrstuhlkabine wieder verließ, einfach so durch die Wand. Lautlos fuhr der Aufzug mit Felizitas bis ins Kellergeschoss.

Der Keller war aus lauter Holzlattenverschlägen gebaut. Im Verschlag, der zu ihrer Wohnung gehörte, erblickte Felizitas hinter den Latten ihre Tochter. Mit angezogenen Beinen hockte sie auf einem Bierkasten und zitterte am ganzen Leib.

»Wer hat dich hier eingesperrt?«, fragte Felizitas erschrocken. »Es wohnt ein böser Mann im Haus. War er's? Verrat's mir.«

»Es waren meine Brüder«, sagte das Mädchen.

Da dachte Felizitas bei sich: Ach, die Jungs taugen nichts. Wäre doch Helma mein erstes und einziges Kind, es würde ihm alles zum Glück ausschlagen. Sie streichelte die Haare ihrer Tochter, weinte ein bisschen mit ihr und versprach, sie würde Rico und Ronny für deren Bosheit gehörig bestrafen.

Noch am selben Abend, als auch Oma und Opa gegangen waren, verwandelte Felizitas die ausklappbare Wohnzimmercouch in eine Schlafstatt für die Söhne. Fortan duldete sie nur noch die Tochter neben sich im Bett. Da weinten die Jungen Tag und Nacht und wollten nicht lernen, allein zu schlafen.

Und es kam noch ärger. In der Schule wurden die Drillinge ebenfalls voneinander getrennt. Indes Rico und Ronny auf derselben Schulbank sitzen durften, wies die Klassenlehrerin Helma den Platz eine Reihe vor ihnen zu. Das Schlimmste für die Knaben war: Es

schien der Schwester nichts auszumachen, dass sie nicht beieinander waren. Im Gegenteil. Neben einem fremden Kind erblühte sie in fröhlichem Wissenseifer, so dass ihre Brüder in Zweifel gerieten. Sie wollten das Lernen nicht lernen.

Ab der siebten Klasse gab ihnen Helma Nachhilfe. Es war das Jahr, da sich das Land aus eigener Kraft aus seinen Grenzen löste. Mutter verlor ihre Arbeit als Näherin im Textilkombinat und tröstete sich mit Bier über die zähen Stunden des Tages. Helma führte ihre Brüder geduldig an die Schulbuchlektüre, las rechnete zeichnete mit ihnen, bis sie den Lernstoff leidlich beherrschten. Helma liebte Rico und Ronny von Herzen und wünschte, sie mögen die Lust am Leben in gleicher Weise wie sie erfahren. Vieles war neu glänzend ungewohnt. Ungewohntes machte den Jungen Angst. Auch wurden sie müde davon. Kurz nachdem sie in schwachem Zieleinlauf das Ende der zehnten Klasse erreicht hatten, starb Mutter Felizitas an Trunksucht. Helma befand sich auf dem Weg zum Abitur.

Nach diesem Schlag sahen sich die Brüder endgültig verloren und schworen den Treueeid auf ihren Zweierbund. Mir bleim zesamm, egal was kommt! Zu größeren Unternehmungen fehlte ihnen die Lust. Wieder war es Helma, die sie aus ihrer Trägheit zu wecken versuchte. Sie beschaffte ihnen in einem Handwerksbetrieb eine Ausbildung zum Montagehelfer.

»Ihr müsst einen Beruf lernen«, sagte sie.

»Warum?«, fragten Rico und Ronny.

»Damit ihr es zu etwas bringt.«

Während Helma die höhere Schule besuchte, übten ihre Brüder, wie man Werkstücke zusammenfügt. Wir machen es unserer Schwester zuliebe, beteuerten sie. Nach einem halben Jahr wurde der Betrieb geschlossen. Eine neue Arbeit gedachten Rico und Ronny nicht aufzunehmen, auch keine Umschulung. Sie wollten ihre Ruhe.

Mit neunzehn Jahren beschloss Helma, aus der gemeinsamen Wohnung auszuziehen. »Bleib daheeme!«, baten die Brüder. Da Helma nicht folgen wollte, wurde sie Kröte geheißen.

In Zwickau studierte Leichsenring-Helma Textildesign, nahm eine gutbezahlte Stelle im Chemnitzer Textilforschungsinstitut an, verliebte sich in einen Baumeister und heiratete. Rico und Ronny hätten die Schwester gern bei sich gehabt, ohne all das.

Sie waren noch mit vierzig Jahren bekennende Junggesellen, lebten von Sozialhilfe und Gelegenheitsjobs. In ihrer Bleibe im elften Stock bauten sie die Couch zum Lebensort aus, rauchten, aßen Zuckerzeug und tranken schon zum Frühstück Bier. Bald platzten ihre Hosen Hemden Jacken aus allen Nähten. Keine Frau machte die Kleider weiter, flickte oder zauberte neue herbei. Wie sie waren, blieben die Brüder. Sie hielten sich einen Fernsehapparat und hofften mit seiner Hilfe den Frieden ihrer Kindheit wiederzufinden. Das Märchenland, den Zauberwald, Mutter und Schwester. Dem unbekannten Vater galt keiner ihrer Wünsche.

Oh, sprach der Vater, die hat Zwirn im Kopf!

Aus: *Die kluge Else (Kinder- und Hausmärchen 34)*

Und da war auf einmal ein altes, verfallenes Gebäude, keine Hütte, kein Häuschen, kein Haus, doch auch kein Palais oder Schloss. Es war eine Villa. Sie befand sich auf dem Chemnitzer Kaßberg. Im Jahr 1917, nach dem Tod ihres letzten Besitzers, des Kommerzienrates Johannes Leichsenring, war die Villa aufgrund unlösbarer Erbangelegenheiten in einen tiefen Schlaf gefallen.

Das Amt hatte nur so viel herausgefunden: Von den Kindern des verstorbenen Eigners waren drei im Krieg geblieben, die anderen vier nach unbekannt verflogen. Deren Nachkommen wiederum galten als verschollen, doch veräußert wurde die Villa nicht. Aufgrund von Hausschwammbefall sicherte das Amt die Fassade mit Netzen. Leitern Stützbalken Zurrgurte hielten Wände und Dach aufrecht. Der Garten, von Rankpflanzen überwuchert, galt als Austragungsort ewiger Kriege zwischen Katzen und Ratten. Am Zaun flatterte Warnband.

Nach hundert Jahren Schlaf war die leerstehende Immobilie samt Grund und Boden dem Amt zu teuer geworden. Daher unternahm das Nachlassgericht einen letzten Versuch, rechtmäßige Personen für den Erbantritt zu erfassen. Die Villa, dieser Schandfleck, sollte wieder jene Augenweide werden, die sie zur Gründerzeit gewesen war.

Tatsächlich fanden sich nach Ausforschung zahlloser Ahnenlinien Erben, nämlich die Drillinge Rico, Ronny und Helma Leichsenring.

An dem Tag, da der Erbbescheid zugestellt wurde, wohnte Helma in einem Reihenhäuschen am Stadtrand. Inzwischen war sie zur Unternehmensleiterin eines international führenden Textilbetriebes aufgestiegen. Ihr Mann Jonas arbeitete als technischer Systemplaner in einem Architekturbüro. Tochter Elise besuchte die elfte Klasse eines musikalisch ausgerichteten Gymnasiums. Obgleich die Eltern arriviert waren, galten sie weder als unbescheiden noch als hochmütig. Tatsächlich begehrten sie nicht mehr als verlässlichen Wohlstand sowie genügend Zeit, denselben unbehelligt genießen zu dürfen.

Allein Elise hatte es noch nicht dahin gebracht, ihre Bedürfnisse mit dem Anspruch der Eltern in Einklang zu bringen. Zwar war das Mädchen anhänglich, oft aber verdrießlich, patzig, und es schloss sich gern in seinem Zimmer ein. Dort lebte es mit kopfhörerversiegelten Ohren, spielte an elektronischen Geräten, fläzte sich aufs Bett oder starrte reglos hoch zur Zimmerdecke. Der mütterliche Seufzer *Ach, wenn sie doch auf ihrer Geige üben würde!* ging ihr auf die Nerven. Schon in dem Moment, da sie das Instrument aus dem Kasten nahm, den Geigenhals anfasste und nach dem Bogen griff, war gewiss: Dieses Ding würde keinen Ton zurückgeben, der zu ihr passte. Garstig hüpfte der Bogen, sein Rosshaar schürfte die Saiten, mitunter quietschte die Geige wie ein breitgezogenes Luftballonventil.

»Es klingt sehr modern«, lobte Jonas seine Tochter, die er über alles liebte.

Auch in Helmas Ohren verwandelten sich die von Elise kreierten Missklänge in originelle Akzentuierungen. Als fürsorgliche Mutter war Helma zu bedingungsloser Würdigung bereit. Als der Leiter des Schulorchesters es einmal wagte, die Vermutung anzubringen, dass es der Schülerin an Ehrgeiz mangele, der aus inhärenter Talentlosigkeit herrühre, konterte Helma Leichsenring: »Jeder Mensch ist talentiert. Wollen Sie meiner Tochter dieses Recht absprechen?«

»Keinesfalls«, beschwichtigte der Orchesterleiter, »aber womöglich liegt Elises Begabung auf einem anderen Gebiet als dem des Violinspiels.«

Elise bekam Extraunterricht von einem Privatlehrer. Mit jeder Lektion wurde ihr das Geigenspiel lästiger. Eines Tages beschloss sie, der Qual ein Ende zu bereiten. Sie packte das Instrument, malträtierte mit spitzem Fingernagel das Griffbrett bis hinauf zum Wirbelkasten. Als die erste Saite riss, klang das *Ping!* als heller Freudenton in Elises Ohren. Doch als sie sich der Hinrichtung der zweiten Saite widmen wollte, war die erste wieder nachgewachsen, gespannt, gestimmt und bereit, jeglichem weiteren Tötungsversuch zu widerstehen. So sehr sich Elise bemühte, das Objekt ihres Martyriums unbrauchbar zu machen, es gelang ihr nicht. Sämtliche Teile schienen festgefügt, sich selbst generierend, ihrer Besitzerin treu bis in alle Ewigkeit. Nur die Eltern behaupteten: »Du spielst wie ein Engel, Kind!« Ihr Glück hielten sie für eine Idee der

Liebe. Es war so falsch wie die Töne, die Elise hervorbrachte.

Schließlich geschah doch noch ein Gnadenwunder, und Elise konnte die Geige endlich loslassen. Eines frühen Morgens, heimlich, auf dem Chemnitzer Schlossteich. Zwischen Enten Kähnen Tretschwänen schaukelte das Instrument auf dem Wasser. Als es Spaziergänger entdeckt hatten, war es schon aus dem Leim gegangen.

Am Tag der Erstbesichtigung der geerbten Villa begegneten sich die Leichsenring-Drillinge das erste Mal nach langer Zeit wieder. Über vierzig Jahre zählten sie nun und konnten unterschiedlicher nicht geraten sein. Nur die Brüder glichen sich. Beide hatten eine plumpe Gestalt, ihre Kleidung war abgerissen, ihr Haar schütter, ihre Zähne düstere Stummel.

Helma war vom Anblick der baufälligen Immobilie wie von dem ihrer Brüder erschüttert. Im Wissen, die exquisite wie auch kostspielige Hinterlassenschaft mit den mittellosen Geschwistern teilen zu müssen, erschrak sie, doch hörte sich sagen, dass sie es schön fände, ihnen auf diese Weise wieder zu begegnen. Bevor die Brüder ihre Schwester in die Arme schließen konnten, lenkte sie deren Blicke auf die anderen anwesenden Familienmitglieder: »Das ist übrigens Jonas, mein Mann. Er arbeitet als Architekt. Der Ausbau unserer Villa wird sein Lebenswerk sein. Und das ist eure Nichte Elise. Sie ist ein kluges Kind und spielt hervorragend Geige.«

»Ach, guck! Ihr habt's ja weit gebracht! Du hast mächtiges Glück, liebes Schwesterlein. Jetzt musst du's mit uns teilen.«

Mit diesen Worten traten Rico und Ronny an ihre Nichte heran. Vor dem aschigen Atem, der ihren Mündern entstieg, wich sie zurück. Da lachten die Onkel, fuchtelten in der Luft herum, als ob sie Geige spielen würden, und erfreuten sich an ihrem eigenen Kreischen.

»Lasst den Blödsinn«, schimpfte Helma, »wir wollen die Villa schick machen, und dann sehen wir, wie's mit uns weitergeht!«

»Gar nicht!«, platzte Elise heraus.

»Die is 'ne Kröte«, flüsterte Rico seinem Bruder zu.

»Die ist süß«, raunte Ronny, »die hat nur Zwirn im Kopf, das stört uns nicht.«

Wieder kicherten die Brüder, rieben sich die Hände in Erwartung unverhofften Reichtums, bis sie der vorwurfsvolle Blick ihrer Schwester still werden ließ. Nach einigen Zweifeln sah Familie Leichsenring im Zufall eine Möglichkeit, nach Jahren separaten Lebens ihren Bund neu zu bestimmen. Schon bei der äußerlichen Inspektion der Immobilie wurde deutlich: Mit deren Ausbau und Renovierung konnte Platz für *alle* geschaffen werden. Bloß keinen Erbteilungsstreit, keine Verzögerung mehr, das historische Prachtstück wieder sehens- und lebenswürdig zu machen.

Die Brüder zeigten sich einverstanden, dass sie, da beide finanziell nicht dazu in der Lage waren, das Vorhaben durch ihre Arbeitskraft unterstützten. Schließlich hatten sie einen Beruf gelernt.

Elise wurde von ihren Eltern die trostreiche Aussicht eröffnet, im neuen Heim würde es bald alles geben, was ihr Herz begehre: Fitnessraum, Wintergarten, Bibliothek sowie einen Salon, in dem man Hausmusikkonzerte veranstalten könne. Nur müsse sie endlich professionell ein Instrument erlernen, damit sie sich einem Publikum präsentieren könne. Eine verloren gegangene Geige sei schließlich keine verlorene Mühe!

»Könnt ihr mich nicht einfach in Ruhe lassen?«, maulte Elise.

Jonas strich seiner Tochter über den Kopf und meinte, die neue Wohnstatt sei für alle Segen und Herausforderung zugleich. Millionen Mädchen in Elises Alter würden ihren Eltern vor Freude um den Hals fallen, hätten sie eine solch famose Gelegenheit.

»Wir halten zusammen«, versprach Helma, »und wir bleiben zusammen!«

»Mit Onkel Rico und Onkel Ronny?«, fragte Elise.

»Nun ja. Wir sind am selben Tag zur Welt gekommen, haben vieles miteinander erlebt und jetzt haben wir eben gemeinsam geerbt. Das ist Schicksal. Ach was, das ist Glück!«

»Das ist krass«, sagte Elise.

Zurück im Stadtrandhäuschen begab sie sich ohne Abendbrot in ihr Zimmer und schlug die Tür hinter sich zu. Jonas hatte das Reich seiner Tochter erst kürzlich mit modernen Möbeln Teppichen Lampen ausstaffiert und definierte es fortan als Jugendzimmer. Elise suchte in den Dingen ihre Jugend, fand aber nichts, was sie wirklich interessierte. Sie legte sich ins Bett, das

ebenfalls neu war und auf dünnen Stahlbeinen stand. Wie Elise so ruhte und hoch zur Decke blickte, auf der ein digitales Leuchtsystem umherflirrende Lichtpunkte projizierte, spürte sie plötzlich am Hals ein Jucken. Sie kratzte sich, doch das Jucken wurde stärker, bis hin zum Brennen. Flammen zogen hoch zum Kinn, über Hinterkopf und Stirne das Gesicht herab zur Brust. Elise sprang aus dem Bett, direkt zum Schminktisch, riss sich das T-Shirt vom Leib, sah rot und dachte entsetzt: *Spieglein Spieglein an der Wand,* was hab ich für 'ne fucking Hummerhaut?

Der Spiegel schien nach einer Antwort zu suchen, in diesem Augenblick klopfte es an der Tür.

»Verschwindet!«, rief Elise, »ich schlafe schon!«

Wie eine Armee Weißer Zwerge standen die Lichtpunkte an der Zimmerdecke. Nach und nach erloschen sie. Es klopfte abermals. Jemand betrat das Zimmer, den das Mädchen nicht sehen konnte. Vielleicht war es der Wind, den Elise spürte oder die eigene Angst, die dem Atem der Onkel entsprungen war, oderwieoderwas. Elise rieb sich die Augen, sah wieder in den Spiegel und kratzte sich das Gesicht. An einigen Stellen begann die Haut zu bluten, an anderen entstanden hässliche Narben.

»Was zum Henker soll das?«, fragte Elise.

Da stand sie vor der Wahl, ihre Haut zu retten oder aus derselben zu fahren. Weil sie aber nie gelernt hatte, sich zu entscheiden, gab ihr der Spiegel einen gutgereimten Rat: »Nicht sinken, sondern blinken! Nicht stinken, sondern schminken!«

Good Game!, dachte Elise, griff zum Make-up und wollte damit wie gewohnt die Mängel ihrer Haut kaschieren. Doch statt Schminke spritzte rote Marmelade aus der Tube, kleckerte über Elises Hände, und als sie diese ableckte, schmeckte sie die Süße ihrer Kindheit. Ich will hier nicht weg, dachte das Mädchen, never ever!

»Liebe, was machst du? Schläfst du oder wachst du?«, fragte eine fremde Stimme vor der Tür.

»Ich mache gar nichts!«, rief Elise.

Am nächsten Tag war die Entzündung abgeklungen. Der Spiegel log nicht, als er seiner Besitzerin zuraunte, sie sei die Coolste im ganzen Land. Elise hob Zeige- und Mittelfinger zum Siegesgruß und beschloss, schlechte Traumtrips sowie andere Fantastereien fortan zu ignorieren.

Am Wochenende stand die nächste Villenbegehung an. Aufmaß und Grundrissbestimmung waren geplant. Jedes Familienmitglied sollte mitdenken, mitkalkulieren, um ein passendes Konzept für den Ausbau zu erstellen.

»Könnt ihr das nicht ohne mich machen?«, fragte Elise.

»Wo denkst du hin«, sagten die Eltern. »Am Ende passt dir irgendwas nicht.«

So geschah es, dass das Mädchen mürrisch, fuß- und willenslahm seinen Eltern in die bauliche Zukunft folgte. Es hatte sich Kopfhörer aufgesetzt, um die lästige Pflicht mit poppiger Musik ins Erträgliche umzudeuten. Doch schon, als sie im Garten der Villa angekommen waren, spürte Elise die Ohnmacht ihrer Versagung. Aus

dem Haselbusch traten Onkel Rico und Onkel Ronny, gingen auf ihre Nichte los, rissen ihr die Kopfhörer von den Ohren und riefen: »Du willst doch die Vögel im Garten hören?!«

Aus Onkel Ricos Mund sah Elise einen Vogel fliegen. Erst war er klein wie ein Spatz, dann plusterte er im Flug sein Gefieder auf und wuchs zu einer Krähe heran. Diese kreiste eine Runde über dem Dach der Villa, bevor sie davonflog, werweißwohin.

Elise schaute dem Vogel nach. Ihr dünkte, als wollte er ihr zurufen: Folge mir, ich will dich vor allem bewahren, was nicht gut ist für dich. – Oh ja, dachte Elise, ich will weg von hier, doch will ich nirgendwohin, wo es anders ist! Lasst mich doch einfach … Sie streckte die Arme nach der Krähe aus, obgleich sie vergessen hatte, in welche Richtung sie geflogen war, genauso wie ihre Eltern, die in irgendeiner Ferne Zukunftspläne schmiedeten. Rico und Ronny wussten dem Schwesterkind nicht anders zu helfen und geboten: »Du haust uns nicht ab!«

Da fing sie an zu laufen, weg von den fingernden Händen der Onkel, vom Haselbusch weg durch den Garten, die Absperrbänder, die bröcklige Außentreppe der Villa hinauf bis zur Eingangstür. Die Eltern, wo auch immer sie sich befanden, riefen ihr nach: »Keine Alleingänge! Warte auf uns!«

Sie schob den Sicherungsriegel beiseite und betrat die Diele. Staunend ging sie von Raum zu Raum, stolperte über Schutt und Gerümpel, und es war einmal und will noch nicht gewesen sein, das Mädchen Elise

Leichsenring, im einundzwanzigsten Jahrhundert mit so viel Altem geschlagen, doch nach neuester Mode gekleidet, gestylt, mit zarter, empfindlicher Haut, mit allem versehen, was ihm je an Bedürfnissen auferlegt wurde. Es kannte keinen Hunger, kein Darben, keine Hausarbeit, kein Alleinsein, keinen Tadel, keine Strafe, keine Gewalt, keine Angst, selbst das abermals drohende Joch der Geige schien tragbar zu sein.

Elise lauschte. Keine Onkel, keine Eltern, kein Dusollst! Duwirstdochnicht! Hier herrschte Ruhe. Nur ein paar Fliegen gingen leise brummend ihren Geschäften nach.

Elise genoss die Stille. Wie eine balsamische Haut legte sie sich über ihr aufgekratztes Gemüt. Nachdem Elise all die verschlafenen Zimmer, Salons, Veranden, Balkone und Türmchen ihrer zukünftigen Heimstatt abgeschritten war, gelangte sie neben der Küche an eine Tür. Diese öffnete sich wie von selbst und lockte Elise hinab in den Keller. Vielleicht ist es da unten noch chilliger, dachte sie und stieg, sieben mal sieben Stufen, immer dem Grund zu. Alsbald stand sie im Dunkeln, betastete die Wände, die sich anfühlten wie mit Samt tapeziert, als von der Decke herab plötzlich Licht aus einer Funzel kam.

Da sah sie ein hölzernes Bierfass, darüber eine Kreuzhacke. Die Hacke warf seltsame Schatten auf das Mädchen, und als es an sich herabsah, schien ihm, als stünde es ganz nackt vor sich selbst.

What the fuck!, dachte Elise, hier ist es wie im Grab. Wenn ich nicht herausfinde und Mama und Papa nicht

fragen, wo ich bleibe, und auch sonst niemand ist, der mich sucht, fällt mir die Hacke auf den Kopf und erschlägt mich. Wenn ich jedoch hier herausfinde und wieder nach oben in die Diele gehe, sind nicht nur Mama und Papa dort, sondern auch Onkel Rico und Onkel Ronny. Sie schreien *Die folgt nicht!*, sie sagen *Die hat Zwirn im Kopf!* und dann fassen sie mich an, und am Ende sterbe ich.

Wie Elise derart mit sich zweifelte, öffnete sich der Deckel des Bierfasses. Sekundenlang stand er in der Luft und drehte sich über einer hopfenduftenden Wolke. Da stiegen zwei Männer aus dem Fass. In Schlafanzug und Filzpantoffeln standen sie, grinsten und kratzten sich an den Köpfen.

»Fürchte dich nicht, liebes Schwesterkind«, sprach der eine. »Bleib bei uns. Wenn du alle Arbeit im Hause ordentlich tun willst, sollst du deine Ruhe haben, und es wird dir gut gehen. Kein böses Wort wird es geben und alle Tage süßen Brei!«

»Und nach Feierabend«, fügte der andere hinzu, »darfst du ein wenig auf deiner Geige spielen.«

»Onkel Rico! Onkel Ronny!«, rief Elise, »haben euch meine Alten geschickt, um mich zu suchen?«

»Wir wohnen hier.«

»Im Keller?«

»Ja, dank deiner Mutter«, sprachen die Onkel und hatten plötzlich Schaum vorm Mund.

»Glaub ich nicht«, sagte Elise. »Die Ruine soll ’n Protzpalast werden. Ich weiß nicht, warum, aber Mama und Papa werden euch no way hier unten verschimmeln lassen.«

»Wir lieben unser neues Zuhause«, beruhigte Onkel Rico die Nichte. »Hier haben wir alles, was wir brauchen. Wir, das sind eins zwei drei. Bruder Bruder Schwester.«

»Ihr seid echt crazy«, sagte Elise, »aber jetzt will ich wieder hinaufgehen.«

»Was ist los mit dir?«

»Ach, nichts. Ich fühle mich nur ein bisschen unwohl in meiner Haut.«

»Zeig uns deine Haut, Kindchen. Wir wollen sie streicheln, ihr schmeicheln«, flüsterte Ronny.

Rico wies auf das Bierfass und lud die Nichte zu Besuch: *Einsteigen bitte!* Sie wollte den Onkeln ausweichen, doch diese standen fest in ihren Pantoffeln.

»Die Kröte folgt nicht«, sagte Ronny zu seinem Bruder, »und wenn wir sie anrühren, wird sie's uns büßen lassen. Tu was!«

Da nahm Rico die Kreuzhacke von der Wand, holte aus, und wie Elise sich wegduckte, schlug die Hacke gegen das Fass. Der eiserne Reifen, der es zusammenhielt, platzte, und die Dauben fügten sich zu einem Bett. Das Bett stand auf einem Teppich aus Hausschwamm.

»Du bist krank, Liebchen«, flüsterten die Onkel. »Ruh dich ein wenig aus.«

Elise merkte, wie ihr Flammen über den Körper liefen, wie ihr Mund alt wurde, und aus weiter Ferne hörte sie die Eltern nach ihr rufen: »Wo bist du?«

Die Männer fassten das Mädchen um die Schultern, der eine links, der andere rechts. »Wir, das sind eins zwei drei.«

»Ach«, sagte Elise, »ihr seht den Wind auf der Gasse laufen. Ich muss jetzt zum Geigenunterricht!«

Diesmal fasste Ronny die Kreuzhacke, holte aus und wollte Elise endlich erschlagen. Anstatt das Urteil zu vollstrecken, löste sich das Metallblatt vom Stiel, der Stiel wurde ein Stab, dieser rundete sich zur Stange, und die Stange verwandelte sich einen Geigenbogen. Ronny ließ ihn fallen wie ein glühendes Scheit, und Elise hörte Rico sagen: »Was haben wir für ein kluges Lieschen!«

Da nahm sie den Bogen und begann zu spielen. Im Wechsel strich sie Rico und Ronny über den Kopf. Pferdehaar auf Menschenhaar, auf und ab, auf und ab. Kein Ton war zu hören, doch die Männer waren vom Spiel ihrer Nichte so berückt, dass sie erstarrten. Strich um Strich, Akkord um Akkord wurde aus der Erstarrung Entspannung, aus der Entspannung die gewohnte Gleichmütigkeit.

»Wir wollen jetzt schlafen«, sagten die Brüder gähnend.

Da verbeugte sich Elise artig, berührte mit der Bogenspitze das Bett, und dieses verwandelte sich wieder in ein Bierfass. Seelenruhig begaben sich die Onkel heimwärts. Rico machte für Ronny die Räuberleiter. Ronny zog seinen Bruder nach.

»Gute Nacht, Liebe«, sagten sie zu Elise.

Der Deckel des Fasses sprang ganz von allein herauf.

Da wollte Elise nur eines, nämlich zurück in ihre Zukunft. Durch Schutt und Gerümpel, durch die drückende Luft, die sich seit mehr als hundert Jahren im Keller gestaut hatte, fand sie den rechten Weg und stieg

schließlich die Kellertreppen hinauf ins Freie. Wie freuten sich Mutter und Vater, ihre Tochter wieder in die Arme nehmen zu können.

»Gott sei Dank!«, rief Helma, »da bist du ja! Wir wussten nicht … wir dachten schon …«

»Ich habe nichts Verbotenes getan«, versicherte Elise. »Ich war im Keller. Nur mal gucken, wie sich's da lebt. Mama, dort wohnen deine Brüder.«

»Wo sind sie?«, fragte Helma. »Wir suchen sie die ganze Zeit.«

»Du hast sie ins Bierfass gesteckt. Das Bierfass ist ihr Bett, und darüber hängt eine Kreuzhacke. Aber die Kreuzhacke ist mein Geigenbogen, und ich habe wieder Lust zu spielen und spiele, und was ich spiele, klingt so herzzerreißend und schön, dass es allen, die es hören, unter die Haut geht und sie ganz still werden vor Glück.«

»Was redest du, Kind?«, unterbrach Helma. »Was geht in deinem Kopf herum?«

»Nichts geht herum und alles. Es geht auch alles vorüber, und wenn alles vorbei ist, war es das schon immer gewesen und will noch lange nicht geschehen sein.«

Da erschrak Helma und rüttelte ihr Kind an den Schultern, um es wieder zu sich zu bringen. Auch Jonas zeigte sich beunruhigt über seine Tochter, doch erklärte er deren Wirrnis mit der Existenz gesundheitsschädlicher Gase, die sich im Basement der Villa durch Sickerwasser gesammelt haben mussten.

»Wir werden gleich morgen mit dem Keller beginnen«, beschloss er.

»Halt!«, sagte Elise, »ich will noch einmal hinabstei-

gen und sehen, ob ich da unten bin oder ob es ein anderer ist.«

Da sahen sich die Eltern verzweifelt an, nahmen Elise an die Hand, führten sie aus der Villa in den Garten, hießen sie durchatmen und sprachen: »Jeder Neuanfang kostet Nerven und Kraft. Aber Glück, Schätzchen, Glück kostet nichts. Freue dich und sieh nach vorn.«

Da Elise jedoch ihren Blick unbeeindruckt in unbestimmte Tiefe gerichtet hielt und auch nur flach atmete, wurde den Eltern noch bänger ums Herz.

»Vielleicht lügt sie gar nicht«, fürchtete Helma.

»Vielleicht doch«, hoffte Jonas.

Am nächsten Morgen rückte, beschleunigt durch Jonas' Beziehungen zu Bauunternehmen, eine Firma für Entrümpelung, Mauertrocknung und Schimmelbeseitigung in der Villa an. Schnell war der Keller geräumt und jede Ecke von toxischen Hinterlassenschaften befreit. Das Bierfass freilich, behaupteten die Arbeiter, sei leer gewesen. Nur ein paar Fliegen hätten es umschwirrt.

Unsere Tochter hat Zwirn im Kopf, dachte Helma, wir haben nicht genug auf sie aufgepasst, haben sie überfordert, zu sehr mit sich allein gelassen – aber was haben wir meinen Brüdern getan? Wo sind sie?

Drei Tage und drei Nächte suchten Helma und Jonas nach Rico und Ronny. Da sie nirgends, auch nicht in ihrer Hochhauswohnung zu finden waren, schlug Jonas vor, sie bei der Polizei als vermisst zu melden.

»Ich vermisse sie nicht«, sagte Elise.

Wenn mein Glück aussetzt, bin ich verloren.

Aus: Bertolt Brecht, *An die Nachgeborenen*

Es war einmal eine junge Frau, die hieß Elise Leichsenring. Im Jahr 2021 wohnte sie mit ihren Eltern in einer hochwertig renovierten Villa auf dem Chemnitzer Kaßberg. Die junge Frau war schön, klug, musikalisch, doch wollte sie weder einen Mann freien noch ein Instrument spielen. Sie wusste überhaupt nicht, was sie wollte. Mitunter wurde Elise Lieschen geheißen, und wenn der Tag lang war, gab sie sich kopflos, redete unverständlich, und beim geringsten Anlass liefen ihr die Augen über. Auch wurde Elise oft von Schwäche heimgesucht. Da legte sie sich unter den Haselstrauch im Garten und dämmerte weg. Mitunter besuchte eine Krähe ihre Träume. Dort schlug sie mit den Flügeln, riss den Schnabel auf, packte die Träumerin und trug sie weiter, werweißwohin.

Einmal, als Elise gar nicht aus ihrem Schlummer erwachen wollte, bestellten die von Sorge erfüllten Eltern einen Facharzt für Nervenheilkunde. Der schaute sich den Fall an, nahm ein Narrentuch aus lauter bunten Flicken, wickelte es um Elise herum, und sie schlief noch immer fort. Dann hieß er ihre Eltern ins Haus gehen und die Türe schließen. Die Eltern taten es. Endlich erwachte Elise, wie es schon ganz dunkel war. Als sie versuchte, aufzustehen, fand sie sich fest eingebunden. Nur mit Mühe schaffte sie es, sich aus der Hülle freizustrampeln, und als sie schließlich doch auf ihren Beinen

stand, erschrak sie und ward irre, ob sie auch wirklich Elise Leichsenring wäre, und sprach: »Bin ich's oder bin ich's nicht?«

Sie wusste aber nicht, was sie darauf antworten sollte. Endlich dachte sie: Ich will ins Haus gehen und fragen, ob ich's bin oder nicht. Die Eltern werden's ja wissen. Sie stieg die Treppen hoch vor ihre Haustüre, aber die war verschlossen. Da klopfte sie ans Fenster und rief: »Mama! Papa! Ist das Lieschen drinnen?«

»Ja«, antwortete eine Stimme, »es ist drinnen.«

Da erschrak Elise und sprach: »Ach Gott, dann bin ich's nicht«, und ging vor eine andere Tür; aber als die Leute sie sahen, wollten sie nicht aufmachen, und Elise konnte nirgends unterkommen. Da lief sie fort aus der Stadt hinaus

und als sie auf der Veranda der Psychiatrischen Klinik Sonnenstein den Kopf hob, sah sie den Himmel, das Elbtal, dahinter den Dunkelwald. Hierorts, das hatten ihr die Eltern ausrichten lassen, bekäme Elise alles, was sie brauchte, um sie selbst und endlich glücklich zu werden. Ihr Therapiespruch lautete *Zeit heilt alle Wunden*. Der Leiter der Anstalt verschrieb seiner Klientin Bäder mit duftenden Essenzen, Ganzkörperpeeling, Musik zur Entspannung sowie Gespräche, die in ihre Seele führten, immer dem Grund zu. Dreimal täglich schluckte Elise das weiße Pulver Haloperidol.

Nach sieben Wochen war auf einmal ihr Himmel voller Geigen, und die Töne fuhren Elise in die Beine, so dass sie zu tanzen begann, jung, hübsch, unbeschol-

ten, und sie rief: »Bindet mich fest, bindet mich fest, sonst verliere ich mich!«

Da kam ein Mensch in feinem Zwirn daher. Der trug einen Klumpen auf dem Rücken, der war aus purem Gold. Der Mensch nahm das Gold, warf es dem Mädchen vor die Füße, so dass es darüber stürzte und hinfiel.

»Wer bist du?«, fragte Elise von unten herauf.

»Dreimal darfst du raten.«

»Ich habe keine Lust zum Raten. Sag's mir einfach.«

Da zog der Mensch Elise vom Boden hoch, hob auch den Goldklumpen auf, und wie dieser so im Sonnenlicht glänzte, sah sich Elise Antlitz an Antlitz mit dem Menschen darin gespiegelt. Alsbald nahm der Mensch das Gold auf sich, fasste Elise an den Händen, und sie drehten sich im Kreis und versprachen einander *Jetzt bleiben wir zusammen!*

Aus dem Himmel, zwischen den Instrumenten, die zum Tanz aufspielten, winkten Elises Eltern. Die Tochter sah sie, wusste jedoch nicht, ob sie aus Freude winkten oder zur Warnung, denn im heitersten Walzer wurde der Goldklumpen auf den Schultern des Menschen plötzlich zum Buckel. Auf dem Buckel nahm eine Krähe Platz, die öffnete den Schnabel, wusste noch werweißwas zu sagen und

Der das zuletzt erzählt hat, dem ist der Mund noch warm.

ENDE

Mein Dank geht an Sophie Charlotte Bentzien, André Förster, Lea Goldmann, Ulrich Karlkurt Köhler, Sabine Peters, Kristin Wardetzky, Carola Wiemers sowie die Brüder Grimm.